# हलो! हम किस्से बोल रहे हैं

## (रामानुज 'अनुज' की श्रेष्ठ कहानियाँ)

## रामानुज 'अनुज'

संकलन

मंजुलता श्रीवास्तव

रीवा (मध्यप्रदेश)

PG PUBLICATION

दिल्ली-110089, (भारत)

संस्करण : 2020
ISBN : 978-93-899840-7-1

प्रखर गूँज पब्लिकेशन
एच–3/2, सेक्टर–18, रोहिणी, दिल्ली-110089
दूरभाष : 7982710571, 7838505899,  011-27851059


प्रथम संस्करण : 2020


© सम्बंधित रचनाकार के अधीन

आवरण : दुर्गाप्रसाद


हलो! हम किस्से बोल रहे हैं
*By :* **Ramanuj**


*Published by*
**PRAKHAR GOONJ PUBLICATION**
Delhi - 110089
E-mail : prakhargoonj@gmail.com
           sinha.neelu123@gmail.com
**011-27851059, 7982710571, 7838505899**

# प्राक्कथन

रामानुज 'अनुज' जैसे हरफनमौला साहित्यकार की कहानियों/कथाओं में से कथा विशेष को श्रेष्ठ या सर्वश्रेष्ठ के रूप में चुनाव करना मेरे लिए निहायत मुश्किल का काम रहा है। फिर भी मैंने उनकी लिखी अनेक कथाओं में से २० कथाओं को अपनी समझनुसार संकलित की हूँ।

रामानुज 'अनुज' की कथाओं के पात्र पाठकों से स्वयं संवाद करते हैं। मुझे अलग से कुछ भी बताने या लिखने की जरूरत नहीं है। रामानुज 'अनुज' की सभी कहानियां उसी जगह से शुरू होती हैं, जहां कहानी का अंत समझ लिया जाता है। यकीनन वो छिपी हुयी कथाएं जो आप, हम, सबके भीतर की हैं, उन्हें वहाँ से निकाल कर सीधे, सरल, आम बोलचाल वाले शब्दों के श्रृंगार से कागज की सफेद चादर में बैठाने का फन निःसन्देह रामानुज 'अनुज' को अन्य कथाकारों की पंक्ति से उन्हें अलग खड़ा करता है।

मंजुलता श्रीवास्तव

इंदिरानगर,

रीवा (मध्यप्रदेश)

# रामानुज 'अनुज' की कहानियों पर
# समीक्षात्मक दृष्टि' आलेख

रामानुज 'अनुज' की कहानियों का संसार एक दम अलग है। जीवंत, स्फूर्त, ऐसा लगता है, सब कुछ आँखों के सामने घट रहा है। सारे पात्र जाने-पहचाने से हैं। ये चलते-फिरते पात्र आप भी हो सकते हैं, आप के जान-पहचान वाले भी हो सकते हैं। ये पात्र सार्वभौमिक हैं इसलिए यदि कहा जाए कि अनुज की कहानियाँ किसी काल-क्रम या भौगोलिक परिवेश में बंधी हुई नहीं हैं तो ज्यादा उपयुक्त रहेगा।

रामानुज 'अनुज' की कहानियों को कसौटी पर कसने से पूर्व कहानी के तत्त्वों की चर्चा कर ली जाय तो उपयुक्त रहेगा। कहानी के मुख्यतः छः तत्व माने गये हैं १. कथावस्तु २. चरित्र-चित्रण ३. संवाद ४. देशकाल या वातावरण, उद्देश्य तथा, शैली।

कहानी का मेरुदंड ही कथावस्तु है। जिसके सहारे पर रचनाकर कहानी को खड़ा करता है। उसे चलने-फिरने लायक बना कर जीवंत करता है। कथावस्तु के बिना कहानी की कल्पना है नहीं की जा सकती। यह उसका अनिवार्य अंग है । कथावस्तु जीवन की भिन्न-भिन्न दिशाओं से हासिल की जा सकती है। कहानीकार किसी भी क्षेत्र से कथावस्तु का चुनाव करता है और उसके आधार पर कथानक के भवन का निर्माण करता है। कथावस्तु में घटनाओं की अधिकता हो सकती है और एक ही घटना पर उसकी रचना भी हो सकती है। परंपरा से हट कर नए कथाकार अब तो अत्यंत सूक्ष्म घटना तत्व पर रचनाएँ दे रहे हैं। इनमें निर्मल वर्मा, कमलेश्वर आदि का नाम प्रमुखता से लिया जा सकता है। कहानी किसी चरित्र (जीव-निर्जीव) को लेकर लिखी जाती है। कहानी में इसकी संख्या कम से कम होनी चाहिए तभी कहानीकार एक चरित्र के बाह्य और आंतरिक द्वंद्व का अधिक से अधिक मनोविश्लेषण कर पाने में सफल होगा।

पारंपरिक कथाओं में संवाद कहानी का अभिन्न अंग माना जाता था, लेकिन अब बिना संवाद के कथाओं को आगे बढ़ाने का प्रचलन हो गया है। ऐसी अनेक कहानियाँ लिखी गई हैं, या लिखी जाती हैं जिसमें संवाद का एकदम अभाव रहता है। सारी कहानी वर्णनात्मक या मनोविश्लेषणात्मक शैली मे लिख दी जाती है। संवाद की कहीं भी आवश्यकता नहीं पड़ती। लेकिन संवाद से कहानी के पात्र सजीव और स्वाभाविक बन जाते हैं। कहानी देशकाल की उपज होती है, इसलिए हर देश की कहानी दूसरे देशों से भिन्न होती है। इस देश के किसी भी भू-भाग में लिखी कहानियों का अपना वातावरण होता है, जिसकी संस्कृति, सभ्यता, रूढि, संस्कार का प्रभाव उन पर स्वभाविक रूप से पड़ता है। यह अपने आप उपस्थिति हो जाता है। यह तो आधार है, जिस पर सारा कार्यकलाप होता है किन्तु इन सब के बावजूद, वही रचनाएँ कालजयी बन पाती हैं जो देशकाल, वातावरण से ऊपर उठकर सार्वभौमिक परिवेश को आंदोलित करती हों। उद्देश्य कहानी का एक तत्व माना गया है, सच तो यह है कि साहित्य की किसी विधा की रचना बिना उद्देश्य के नहीं होती हम बिना उद्देश्य के जीवन जीना नहीं चाहते। कहानी की रचना भी बिना उद्देश्य के नहीं होती। कहानी काल का कोई ना कोई प्रयोजन हर कहानी के रचना के पीछे रहता है। उद्देश्य, कहानी के आवरण में छिपा रहता है। यह अव्यक्त रहे तभी अच्छा है। इसके प्रकट हो जाने पर उसका कलात्मक सौंदर्य नष्ट हो जाता है। शैली कहानी को सुसज्जित करने वाला कलात्मक आवरण होती है। इसका संबंध कहानीकार के आन्तरिक और बाह्य पक्षों में रहता है। कहानी लेखक अपनी कहानी को अपने प्रकार से कहना चाहता है। वह उसे वर्णात्मक, संवादात्मक, आत्मकथात्मक, विवरणात्मक किसी भी रूप में लिख सकता हैं। उसकी भाषा-शैली ऐसी हो की पाठको को अपनी ओर आकृष्ट करे। कहानीकार की भाषा में इतनी शक्ति हो जो साधारण पाठकों को भी अपनी ओर ओष्ट कर ले। कहानी का आरम्भ, मध्य और अन्त सुगठित हो, शीर्षक लघु और रोचक हो। अतएव कहानी की रचना एक कलात्मक विधान है, जो अभ्यास और प्रतिभा के द्वारा रूपाकार ग्रहण की जा सकती है।

कहानी के उपरोक्त तत्त्वों के आधार पर रामानुज 'अनुज' की कहानियों का विश्लेषण करेंगे तो पाएंगे कि 'अनकहे जज़्बात' एक जीवट-पूर्ण महिला की मार्मिक कथा है जिसमें उसका पति उसे भरी जवानी में छोड़ कर चला जाता है। महिला अपनी हृदयस्पर्शी भावनाओं को कई प्रकार से व्यक्त करती है। यह लेखक की लेखनीय प्रौढ़ता की परिचायक है कि उसने उन भावनाओं को बड़े सुंदर शब्दों में व्यक्त किया है। कहानी बहुत ही सरल तरीके से एक घरेलू दृष्टांत को लेकर प्रारम्भ होती और शीघ्र ही पाठक को बांध लेती है। पूरी कहानी में ब-मुश्किल चार-पाँच पात्रों का उल्लेख है किन्तु कहानी की नायिका सौदामिनी इनमें प्रमुख है। लेखक ने कुशल संवाद-संयोजन से कथा को स्वेच्छा से प्रवाहित किया है। पाठक जब तक कहानी समाप्त नहीं हो जाती, कथा से बंधे रहने को बाध्य रहता है। 'रिश्तों की मजबूत डोर' में सूक्ष्म मानवीय सम्बन्धों को ग्रहण करने, उसे विश्लेषित करने की कथा है। इस कथा को लक्ष्य तक पहुंचाने केलिए कथाकार ने कई घटनाओं का सहारा लिया है, इसमें उसके द्वारा की गयी बस यात्रा का उल्लेख आवश्यक है, जिसमें वह मूँगफली बेचनेवाले बच्चे के हाथों ठगा जाता है। मानवीय संबंधों की नींव बहुत महीन भावनाओं की ज़मीन पर संवेदनशीलता, अनुभव और अभिव्यक्ति के माध्यम से रखी जाती है। कई बार इसमें अपेक्षित तारतम्य न जुड़ पाने से ये संबंध बिखराव की तरफ बढ़ जाते हैं। ऐसे में यह आवश्यक होता है कि हम सम्बन्धों को बनाए रखने की दिशा में कुछ और गंभीरता प्रदर्शित करे। इस कथा में लेखक नायक जो कि एक प्रसिद्ध गज़लगो अपनी शिष्या की गज़ल पुस्तक के लोकार्पण में अपने विचार रखने से वंचित रह जाता है क्योंकि आयोजकों के पास समयाभाव था। किन्तु वह ऋतु के साथ अपने संबंध को मात्र इस प्रकरण से ही जोड़ कर नहीं देखना चाहता। लगभग साढ़े चार हज़ार शब्दों में चली यह कहानी पाठक के धैर्य की परीक्षा अवश्य लेती है।

रामानुज 'अनुज' के अंदर यह विशेषता है कि वे कहानी को बहुत ही सरल अंदाज़ में शुरू करते हैं और अंत तक इस सरलता का साथ नहीं

छोड़ते। उनकी कहानियाँ पिकासो या आधुनिक कला के प्रतीकात्मक चित्रकारों के द्वंद्व से इतर हैं। रामानुज की कहानियाँ राजा रवि वर्मा की चित्रकारी की तरह हैं जिसमें सब सुंदरता स्पष्ट है। ये कहानियाँ पाठकों की परीक्षा लेती हुई नहीं प्रतीत होतीं। ये सीधी और सरल हैं, सुगम्य हैं। उनमें समझ आने और न समझ आने जैसी कोई गांठ नहीं है। 'फरिश्ते' कहानी भी इसी क्रम में है। जहां सरकारी अस्पताल का डॉक्टर एक चुनौती स्वीकार कर कुछ ऐसा कर गुजरता है कि जनमानस की निगाह में वह कार्य फरिश्ता ही कर सकता है।

इस संकलन की अन्य कहानियाँ जैसे नमकहलाल, निम्मी, आखिरी मुराद, रेलगाड़ी, अनचीन्हा संगीत, हनीमून, वह औरत, और नया संकल्प बेहतर बन पड़ी हैं।

इनमें 'आखिरी मुराद' का उल्लेख आवश्यक बन पड़ता है। यह कहानी एक दम पारंपरिक कहानी की भांति है। कोई नयी ज़मीन तोड़ती हुई कहानी नहीं है यह। किन्तु इस कहानी की खूबसूरती इसकी भाव प्रवणता है। सरल और भावुक संवाद इस प्रेम कथा को नयी ऊंचाई प्रदान करते हैं। "हाँ! बाबू सा....'इआ सेंदुर तोहरे नाम का मोरे मांग मा भरा है। कोऊ नाहीं जानय इआ बात का, सिबाय काली माई के। आपन आतिमा हम माई के सामने तुमही सौंप चुकेन रहा। इआ देह का भरोसा का करी, इआ माटी से बनी है, माटिन मा मिल जैहै। माई बड़ी ताकत वाली है...पक्का भरोसा रहा कि अंतिम बेरा तुमही दिखिन के बाद मोर साँस छूटी।' कचनार का यह समर्पण उसके सरल प्यार की निशानी बन जाता है। इस कथा पर अनुज को विशेष प्रशस्ति मिलेगी, इसका मुझे पूरा विश्वास है।

'रेलगाड़ी' संभवतः इस संकलन की सब से छोटी कहानी है, इसे लघु-कथा की श्रेणी में भी रखा जा सकता है। आप इसे पढ़ेंगे, कथा और पात्रों के बहुत नजदीक आप स्वयं को पाएंगे। यही रामानुज 'अनुज' की सफलता है। उनकी कहानी आपको एक साधारण कहानी लगेगी जिसके पात्र कोई खुदाई-खिदमतगार नहीं बल्कि आप, हम जैसा कोई भी साधारण व्यक्ति

है। एक बात जो विशेष अनुभव की है, वह यह कि रामानुज 'अनुज' की सभी कहानियों के पात्र आदर्श हैं, एक-दम मुंशी प्रेम चंद की कहानियों के पात्र की तरह। वे सकारात्मक हैं और ढर्रे के विपरीत भी अपने आचरण में प्रेम, आसक्ति, आस्था के मूल तत्व सँजोये हुए हैं, उनमें छल और दुनियादारी का अभाव है। मुझे विश्वास है कि आने वाले समय में रामानुज 'अनुज' अपनी रचनाओं के माध्यम से उस ज़मीन को भी तलाशने का प्रयत्न करेंगे जहां मानवीय संबंध किसी भयानक गुह्वर में फंस कर एक दूसरे की परीक्षा ले रहे होंगे।

डॉ. सुधेन्दु ओझा

मुख्य सम्पादक सम्पर्क भाषा भारती पत्रिका

एवं उप-महाप्रबंधक (राजभाषा) बीएचईएल

नई दिल्ली

# क्रम तालिका

# चौथी नस्ल के लोग

दिसम्बर माह के अंतिम सप्ताह की हाड़ कंपाने वाली ठण्ड, ऊपर से टप-टप टपकती हुई कोहरे की बूंदें और बहता हुआ शीतल समीर। हर साल की तरह इस साल भी उत्तरी भारत सप्ताह भर से कोहरे की चपेट में है। दिन ढलते ही लोग बिस्तर की शरण मे छिप रहे हैं। जिसे जाने की विवशता है, यात्रा करना जरूरी है, उसे येन-केन-प्रकारेण जाना ही पड़ेगा। साल विदाई को तैयार खड़ा है। आम जन-जीवन, ठिठुरन भरी शीत और कुहरे की जुगलबंदी से अस्त-व्यस्त हो गया है। कौन विगत को विदाई देगा और कौन आगत का स्वागत करेगा, यह अभी अनिश्चित है। मौसम की बेरुखी से जिंदगी की रफ़्तार ठहर गयी थी। आवागबन बाधित होने की वजह से गंतव्य तक पहुँचने की सुनिश्चितता लगभग खत्म सी लग रही थी। रेलगाड़ियों के चक्के जाम हो गए थे। बहुत कम रेलगाड़ियाँ साइकल के रफ्तार से पटरियों पर रेंग रही थीं। किसी पैसेंजर गाड़ी के इंतज़ार में सोमा अकेली बैठी हुई उस तरफ नजर टिकाए हुये थी, जिस दिशा से उसकी ट्रेन आने वाली थी। आदमी होने का सबूत छिपाए दस-बीस यात्री मुँह तक कम्बल लपेटे, सिकुड़े, दीवालों के सहारे टिके हुये प्लेटफॉर्म में बैठे हुये थे। वे जब खांसते या पटरियों पर किसी मालगाड़ी की सीटी सुनकर आवाज की दिशा में कनखियों से रेल ढूंढने की कोशिश में कम्बल से एक आँख बाहर निकालते, तब पता चलता कि वे लोग अभी जिंदा हैं।

सोमा के पापा का आज शाम को एक्सीडेंट हुआ था। वे इलाहाबाद हाई कोर्ट में बाबू हैं। शाम को जब वे न्यायालयीन काम-काज से फारिग होकर घर आ रहे थे, तभी शास्त्री ब्रिज के पास ऑटो-रिक्शा से टकराकर घायल हो गए थे। सोमा की पोस्टिंग प्रेमपुर हाई स्कूल में है। यह छोटा सा कस्बा है। वह इसी साल अध्यापक बनी थी। प्रेमपुर, कानपुर के अनेक स्टेशन बाद का छोटा सा रेलवे स्टेशन है। यहाँ केवल पैसेंजर गाड़ियाँ रुकती है। कानपुर से इलाहाबाद की तरफ जाने वाली सुबह फ़ास्ट पैसेंजर का समय रात्रि दस

बजे का है। अब रात्रि के ग्यारह बज रहे थे। सोमा का मन बेचैन होने लगा था।

पता नहीं पापा को कहाँ-कहाँ चोट लगी होगी? उसे अपने भाई पर रह-रह कर गुस्सा आ रहा था। यह छोटू भी गजब का पागल है, पापा से मेरी बात करानी चाहिए थी। बस एक्सीडेंट हुआ है, इतना बताकर फुर्सत हो गया बेवकूफ़। अब मेरी कॉल रिसीव नहीं कर रहा है, पापा का मोबाइल स्विच ऑफ है। मम्मी मोबाइल रखती नहीं। अब क्या किया जाये? उसका मन बहुत घबरा रहा था। अगर ट्रेन न आयी तो क्या होगा? कैसे घर पहुँचूंगी? कई तरह की आशंकाएँ मन को पागल किये हुये थी। वह टहलती हुई बुकिंग ऑफ़िस की तरफ आ गयी। वहाँ भी दो-चार लोग सिमटे-सिकुड़े हुये पड़े थे। काउंटर में बैठा हुआ बाबू ऊंघ रहा था।

'ये कानपुर इलाहाबाद पैसेंजर कब आयेगी?' सोमा ने बुकिंग बाबू से पूछा। उधर से कोई जवाब नहीं मिला। बाबू या तो नींद की खुमारी में था या ऊंचा सुनता था।

'हलो! मैं आपसे ही पूछ रही हूँ?' सोमा इस बार ऊँचे में बोली।

'काहे को चिल्ला रही हो? हमें का पता, जहां तुम, वहीं हम। कोहरा देख रही हो, ससुरा अपना पसरा हाथ तक ठीक से दिखता नहीं। रेल भी तो आदमी चलाता है।' किसी बोलती मशीन की तरह बुकिंग बाबू बिना हिले-डुले बोल गया।

'कोई सम्पर्क तो होगा उधर से? प्लीज पता करिये न।'

कोमल नारी हृदय से निःसृत विनय वाणी से बाबू का कठोर दिल नरम हो गया, अब वह कम्प्यूटर ऑन कर स्क्रीन में रेलगाड़ी तलाशने में व्यस्त हो गया था। इधर-उधर 'माउस' घुमाने के बाद उसने बताया कि कानपुर में बहुत अधिक कोहरा है। ट्रेन अभी वहाँ से चली नहीं है।

सोमा निराश मन से चहलकदमी करती हुई पुनः उसी सीमेंटेड बेंच में पालथी मार कर बैठ गयी थी। अब उसे भी जोर की ठण्ड महसूस हो

रही थी। रह-रह कर सूखे पत्ते की मानिंद समूचा जिस्म कांप उठता था। लपेटी हुई पश्मीना की शाल बर्फ के पानी में निचोई सी लग रही थी। उसने हथेलियों को आपस में रगड़ा और पर्स से मोबाइल निकाल कर पुनः छोटू का नम्बर मिलाने लगी। इस बार फोन का सम्पर्क हो गया।

'नालायक, फोन क्यों नहीं उठा रहा था? फोन में सम्पर्क मिलते ही वह छोटू को डाँटकर बोली।

'सब ठीक है दिदिया! तुम रात में मत आना, घने कोहरे के साथ ठण्ड तेज है। पापा के पाँव की हड्डी टूट गयी है। डॉक्टर बता रहे थे कि महीने भर में जुड़ जायेगी।' वह एक साँस में बताकर फोन काट दिया।

वह अपनी समझ से नसीहत के साथ पूरी बात बता चुका था। सोमा परेशान हो उठी, उसे लगा कि छोटू असलियत छुपा रहा है। चलो एक बार फिर से पूछती हूँ। सोमा ने दोबारा से छोटू का नम्बर मिलाया, नम्बर मिलते ही छोटू इस बार झल्लाकर बोला-

'काहे को परेशान कर रही हो, दिदिया। सोने दो न।'

'फोन मत काटना इस बार-देखो 'एडिडास' का स्पोर्ट शू लाऊंगी, तुम्हारे वास्ते।' सोमा जल्दी से बोली।

'ठीक है, बताओ।'

'पापा ठीक हैं न?'

'हाँ, बता तो दिया-पैर की हड्डी चटकी है। जुड़ जायेगी, तुम नाहक परेशान हो रही हो, कह दिया न जुड़ जायेगी। दिदिया! अब तुम सो जाओ, मुझे जोर की नीं-द आए बा-बाय।'

ऐसी ठण्ड में मुँह तो खुलते नहीं, छोटू की बात सुनकर उसके लबों में हल्की सी मुस्कुराहट तैर गयी। उसे अब यकीन हो आया कि इस बार छोटू सच बोला है। कुहरा और घना हो गया था। प्लेटफॉर्म में गठरी-नुमा मानव आकृतियाँ धुँधली हो चली थीं। बुकिंग बाबू की खुली खिड़की बन्द

हो गयी थी। हर कोई कोहरे के आगे नतमस्तक हुआ अपना अस्तित्व खोता जा रहा था। सोमा इधर-उधर नजरें दौड़ाती हुई हताश मन से बेंच पर और सिकुड़ कर बैठ गयी। रात्रि आधी गुजर गयी थी। यदि मोबाइल की घड़ी सही है तो बारह का टाइम हो चला था। अब ट्रेन आने की संभावना खत्म-सी हो गयी थी। दूर-दूर तक अमूर्त सन्नाटा बुनती हुई कुहरे की विशाल चादर के सिवा कुछ भी दिखाई नहीं देता था। आहिस्ता-आहिस्ता कोहरे के बढ़ते हुये कद को देखकर अब उसे ठण्ड के साथ डर भी सताने लगा था। कुछ देर पहले तक सुदूर बस्तियों से कुत्तों के भूँकने की क्षीण आवाजें आनी बंद हो गयीं थी, पता नहीं वे जीवित भी हैं, या ठण्ड ख़ाकर मर गए। अचानक काले रंग का एक मरियल सा कुत्ता न जाने कहाँ से रोमा के सामने आकर दुम हिलाने लगा। इस हाड़-तोड़ ठण्ड में दुम हिलाना बड़ी बहादुरी का काम था। उसे उस कुत्ते पर तरस आ गया, काँपते हाथों से उसने बैग से बिस्कुट का पैकेट निकाल कर कुत्ते को खिला दिया। कुत्ता अब रोमा के पैरों के नीचे दोनों पंजों में थूथुन छिपाकर बैठ गया था।

कुत्ते को बैठे देखकर रोमा के भीतर का हौसला बढ़ गया, उसने सोचा कि यह निर्वस्त्र होकर भी मेरी तरह कांप नहीं रहा है, मेरे पास तो गर्म कपड़े हैं, कश्मीरी गर्म शाल है, फिर यह ठण्ड किसलिए असर दे रही है। अब उसने बेंच पर आराम की मुद्रा में बैठकर आँखें बंद कर लीं थी। कुछ वक्त यूँ ही गुजरा होगा कि जिस्म पर किसी की छुअन महसूस कर उसने आँखें खोल दी।

आवारा से लगने वाले तीन लड़के बेंच में उससे सटकर बैठ गए थे। उन्हें देखकर प्रथम तो वह डरी फिर हिम्मत बटोर कर बेंच से उठते हुये जोर से बोली...'ये क्या बदतमीजी है?'

'बदतमीजी?? हा.हा.हा.हा मैडम! कितनी ठण्ड तेज है, हमारे साथ चलो, जान बचाने का कोई और उपाय नहीं है, शरीर की गर्मी से ही ठण्ड से बचा जा सकता है।' फर्श पर गुटके की पीक छोड़ता हुआ पीली दाँत

वाला युवक बोला।

'तुम लोगों के घर में मां-बहन तो होंगी, उन्हीं से चिपक कर ...रोमा का वाक्य पूरा नहीं हुआ था, कि उसका एक अन्य साथी चाकू तानकर बोला-

'सीधी तरह से हमारे साथ चलो, वरना.....।' युवक के हाथ में खुला चाकू देखकर रोमा डरकर जोर से चीख उठी...'बचाओ..बचाओ..कोई है?'

वे बदमाश लड़के रोमा को बाहर की तरफ खींचने लगे थे। रोमा बराबर चीख रही थी, लेकिन मदद के लिए कोई उठ नहीं रहा था। जबकि उसकी चीख हर कान तक अवश्य पहुँची होगी। हाथ पकड़कर घसीटता हुआ वह युवक रोमा को डांट कर बोला- 'और जोर से चिल्ला ले.....इधर साले सब हिजड़े पड़े हुये हैं..ही.ही.ही.ही... ये तेरी मदद को उठेंगे?'

तभी कोई जोर से कंबल परे फेंककर उठा और चाकू वाले युवक के पेट पर एक लात जमाता हुआ भारी आवाज में बोला...

'तूने मेरी कौम को गाली दिया रे...हम तो देर से तेरा नाटक देख-सुन रहे थे। अपुन तो इंतज़ार में थे कि कोई औरत-मरद मदद को उठेगा। अपुन तो हिजड़ा है। हमें इल्म नहीं था कि इधर को चौथी नस्ल का लोग पड़ा है।'

वो हिजड़ों की टीम थी, चार हिजड़े ताली ठोंकते हुये और उठकर आ गए थे, उन सबने मिलकर उन बदमाश युवकों की जबरदस्त धुनाई कर दी। वे किसी तरह अपनी जान बचाकर कुहरे में विलीन हो गए थे। उनके पूछने पर सोमा ने उन्हें सब बता दिया। पूरी बात सुनकर एक सयाने से दिखने वाले हिजड़े ने अपने साथी से कहा- 'शबनम, लड़की को अपने साथ सुला ले, इसकी तरफ कम्बल डबल मार देना।'

सोमा के कदम खुद-ब-खुद उस ओर बढ़ चले थे, जिधर हिजड़ों ने बिस्तर लगा रखा था।

★ ★ ★

# चंदन

कुदरत ने उसकी बाह्य संरचना बनाने में विविध रंगो का इस्तेमाल किया था। पीठ का हिस्सा लाल और काले रंग को आधा-आधा मिलाकर, पेट उज्जर, पूँछ का ऊपरी हिस्सा कालिमा और ललामी लिए हुए, गुच्छेदार पूँछ के बालों को भौंरे से रंग लेकर रँगा था। लंबा मुँह, दूर-दूर तक की चीजों की तस्वीर उतारने वाली दो बड़ी-बड़ी भूरी आँखे, उनकी सुरक्षा में तैनात अर्ध श्यामल वर्ण के रोम सैनिक। हिलते-डुलते अप्रतिम कान और सबसे बड़ी सुन्दरता, उसकी सींग से शुरू होकर नाशिका रन्धों तक जाता सफेद चौड़ी पट्टीनुमा तिलक।

दूर से ही नजर की तजबीज में 'चंदन' आ जाती थी। तिलक की वजह से छोटी बेटी सुमन उसे चंदन कहने लगी थी। गौधूली-बेला में वह दूर से रंभाती हुई जब घर को लौटती थी, तब दूर से समझ लेते थे कि धरती के किसी अजनबी कोने की सैर करके चंदन आ रही है। उसकी बाँ-बाँ की ध्वनि सुदूर तक सुनाई देती थी। बस्ती के लोग ध्वनि पहचान कर मजाक में मुझसे कहते..'अपनी अम्मा को पुकारती हुई चंदन आ रही है।'

हँसी-हँसी में मैं भी पूछ लेता...'उसकी अम्मा इधर कहाँ बैठी है?' मुँह लगी शर्मा जी की आठ साल की बेटी 'शिम्पी' कहती चाचा, वो बछिया कमला चाची को अम्मा बोलती है, वह मुझे चिढ़ाकर अक्सर भाग जाती थी। पकड़ में मेरे जो आ जाती तो मैं उसकी चोटी खींचकर कहता...'किसी दिन चाची के कान में यह बात पड़ गयी तो समझ लेना तुम्हारी खैर नहीं। वह किसी बछिया की अम्मा होना पसन्द नहीं करेगी। वह तुम्हारे गोरे-गोरे गालों में उँगलियों के चिन्ह जरूर उकेर देगी।'

वह तुनक कर कहती...'उकेरने दीजिये उँगली... मैं तो ऐसे ही बोलूँगी।'

'नहीं..नहीं ऐसा गजब मत करना। मुझे बुरा लगेगा।

'ई.ई. बुरा लगे, चाहे भला लगे..मैं तो यही कहूँगी-'चाची को ही अम्मा पुकारती है वह।' हिरनी की तरह चपल कुलांचे भरती, दीदे मटकाती हुई वह मुझसे दूर चली जाती थी।

उस बछिया पर स्वामित्व जताना सही नहीं होगा। मुझे यह भी मालुम नहीं है कि वह किस अधिकार से मेरे घर को अपना घर समझ बैठी थी? मुझे अच्छी तरह याद है, पिछली शीत की रुखसती पूर्व रात भर रुक-रुक कर सर्द बयारों के साथ बरखा हुई थी। मेन गेट पर जोर से खटके की आवाज सुनकर मेरी नींद खुल गई। द्वार खोलकर देखा तो भीगी हुई चंदन खड़ी कांप रही थी। मैंने यह बात कमला को जगाकर बताई। कम्बल की गर्माहट ख़ाकर नींद में ग़ाफ़िल कमला को मेरा जगाना अच्छा नहीं लगा। वह झुंझलाकर बोली...'जाइये उसी के साथ रजाई तानकर सोइये।'

मैंने उसकी बात का किंचित बुरा नहीं लिया, कमला की आदत से मैं वाकिफ़ था। जाकर गेट का लॉक खोल दिया, वह भीतर आकर पोर्च की सूखी जगह पर खड़ी हो गयी। भीतर से मैं कपड़ा लाया और उसकी देह को पोंछकर अच्छे से सुखा दिया। उसका काँपना अब कम हो चला था।

'बैठ जाओ।' जैसे वह मेरी बात समझ गयी हो, वह मेरे कहने पर बैठ गयी थी। उसे बोरी ओढ़ाकर मैं सोने चला आया।

उस दिन के बाद चंदन की यह दिनचर्या बन गयी कि दिन भर वह कहीं घूमे-बागे सूरज के मग़रिब में अस्त होते ही घर आ जाया करती थी। अब कमला भी उसको चाहने लगी थी। दोपहर में दो मोटी रोटियां चंदन के लिए अलग से पोने लगी थी। बस्ती के नज़दीक ही मन्दिर था, इसकी वजह से यहाँ की महिलाएँ कुछ अधिक धार्मिक हो गयीं थी। आये दिन उन्हें गोबर गणेश की आपूर्ति चंदन के गोबर से हो जाती थी। वे भी बचा-खुचा खाना अब चंदन को देने लग गईं थी।

एक दिन जब मैं शाम को ड्यूटी से घर आया तो दूर से ही घर के बाहर लोगों को जमा देखकर किसी अनहोनी की आशंका से मेरा कलेजा

हलक में उतर आया। चंदन की पीठ पर किसी ने लाठी मारी थी। चमड़ी छिल गयी थी, खून सनी मांस की पतली परत पीठ में झलकने लगी थी।

कमला गुस्से में लाठी उठाये चंदन के इर्द-गिर्द घूम कर ऐलान कर रही थी..

'जिसने भी इसे लाठी मारी है, कल तक पता चल ही जाएगा, उसे मैं छोड़ने वाली नहीं हूँ, ऐसे ही लाठी से उसकी पिटाई करुँगी।'

'हल्दी गरम कर लेप कर दो पहले।' स्थिति को समझकर मैंने कमला से कहा।

कमला हल्दी का लेप तैयार करने किचेन में चली गयी थी। मौका ताड़कर शिम्पी मेरे नजदीक आकर बोली...'चाचू, मुझे पता है, चंदन को किसने लाठी मारी है? उसका इतना कहना ही था कि उसकी माँ उसे झकझोरते हुई बोली....'चुप कर, स्कूल पढ़ने जाती है कि बछिया की पूँछ पकड़ कर टहलने।' भाई साहब-'आप इसकी बात पर मत आइयेगा। झूठ बोलने की इसकी लत पड़ गयी है। किसी दिन यह लड़की सर फुटबा देगी।' वह उसे घसीटती हुई घर तरफ चली गयी थी।

दो चार दिन के हल्दी लेप से वह पूर्णतः ठीक होकर फिर से चरने जाने लगी थी। बात भी आयी-गयी हो गयी। समय के साथ चंदन अब बड़ी होने लगी थी। उसके शरीर का हर हिस्सा बड़ा दिखने लगा था, आँख के ऊपर की काली रेखाएं ज्यादा स्पष्ट हो गईं थी। थन बड़े-बड़े दिखने लगे थे। एक दिन शाम को वह घर नहीं लौटी। शाम गहराने तक उसका इंतजार हुआ। रात्रि के आठ बज गए। मैंने इधर-उधर तलाश किया लेकिन वह कहीं नजर नहीं आयी। दूसरे दिन उसकी हर तरफ दूर-दूर तक तलाश की गयी। जिधर भी गाय-बैलों का झुंड नजर आया, सड़क किनारे मोटर साइकिल खड़ी कर मैं वहाँ तक गया। सेवाश्रम, गौ-शालाओं के खूंटे-खूँटे तक झाँक आया, लेकिन चंदन का कोई अता-पता नहीं चला। आये दिन रोज ही सड़क हादसे में पशुओं का घायल होना या मर जाना आम बात है। इन निरीह,

मूक प्राणियों का कोई माई-बाप नहीं है। जब तक इनसे काम रहा तब तक इन्हें भूसा-चारा दिया। अब ये किसी काम के नहीं है, इसलिए इन्हें चार सोंटा मारकर घर से बेदखल कर दिया गया है। गाय-बैल आज़ाद है, अब ये रहने-खाने की व्यवस्था अपनी स्वयं करें।

गाय अब गौ-माता से जानवर की पोस्ट में डिमोट हो गयी है। अब किसी को गाय के गोबर की जरूरत नहीं है। गणेश जी सीमेंट, प्लास्टर ऑफ पेरिस या मिट्टी के बनने लगे हैं। गाय वैतरणी पार कराएगी? इस पर बहस करने से कोई फायदा नहीं। वह बेचारी अपने अस्तित्व की जंग हारने की स्थिति में है, इसलिए अब उम्मीद न करें कि पचासी किलो भार के दादा जी को खींचकर वैतरणी नदी पार कराएगी।

कुछ भी हो चंदन के घर से लापता होने पर मैं बहुत दुःखी था। तीन माह बीतने को चले, मगर उसे भुला नहीं सका। रात के वक्त कभी-कभी ऐसा आभास होता था कि, गेट खोलने की कोशिश में चंदन सींग फँसा ली है, चुपके से उठकर बाहर झाँक कर पुनः बिस्तर में दुबक जाता था। मेरी हरकतें कमला से अब छिपी नहीं रह गयी थी। एक रात वह मुझ पर बहुत नाराज हुई। बोली-'अगर मैं गुम जाती तो आप मेरी उतनी तलाश न करते, जितनी चंदन की करते हैं। अरे! आज के समय में आदमी तो भरोसे के रहे नहीं, क्या पता कब छोड़कर कहाँ चले जाएं? ये तो गाय-बैल हैं, इनका क्या भरोसा??'

शिम्पी जरूर कभी न कभी रोचक सूचना देती रहती थी। एक दिन घर आकर बोली...'चाचू! मुझे पता है, चंदन कहाँ गयी है??'

'बताओ।'

'एक दिन मैं स्कूल से लौट रही थी तो तालाब के पास एक बैल के साथ खड़ी थी, मुझे लगता है वह उसी बैल के घर गयी है। आप पुलिस में रिपोर्ट क्यों नहीं कर देते, पुलिस ढूंढ लाएगी। उसकी बात सुनकर मुझे बहुत हँसी आयी।

समय गुजरता गया। चंदन को घर से गए साल बीतने को थे। फाल्गुनी बयारों का असर प्रकृति में दिखने लगा था। पेड़-पौधों में नवीन पत्ते आने शुरू हो गए थे। स्वर्णकणों से निर्मित गहने पहनकर आम्र-बौर पेड़ो में आश्रय लेने लगी थीं। पीत-वसना सरसों रानी खेत की मेड़ों से ससुराल की राह ताकने लगी थी। बागों में फूल आ गए थे, रसिक भौरे आवाजाही शुरू कर दिए थे। तितलियाँ पंखों का रंग बदल चुकी थीं। आकाश पथ से धरती पर ऋतुराज के आगमन की सूचना कोकिल देने लग गयी थी।

एक ऐसे ही दिन की सुहानी शाम थी, भगवान भास्कर दिन भर जगती को धूप बाँटकर विदा लेने ही वाले थे कि..बाँ-बाँ की आवाज सुनकर मैं बाहर को दौड़ा, मेरे पीछे कमला भी निकली। देखा, चंदन चली आ रही है, रंभाती हुई। साथ में एक बछड़ा लिए थी, वह भी ठीक उसी के रंग का था। हमारी खुशी का ठिकाना नहीं था। वह चंदन ही थी। वह मेरे पास आकर ठहर गयी। अकस्मात मेरा एक हाथ चंदन की पीठ पर और दूसरा हाथ बछड़े की पीठ पर हरकतें करना लगा।

★ ★ ★

# कबूतर

कबूतर का वह जोड़ा गेट के दोनों तरफ की मीनारों पर सुबह-सुबह जरूर आकर बैठ जाता था। एक में कबूतर दूसरे में कबूतरी, चोंच मटकाते, गर्दन घुमाते हुये। ये तब तक बैठे रहते थे जब तक चुनमुन स्कूली पोशाक पहने, मेरी उँगली थामे, स्कूल नहीं चली जाती थी। यह उनका नित्य का नियम था, कैसा भी मौसम हो...जाड़ा, गर्मी या बरसात। वे दोनों जरूर आते थे, चुनमुन को देखने, वह भी बहुत खुश होती थी, दोनों को देखकर।

'एक दिन उसने अपनी मां से कहा...मम्मी, एक पाठा औल लख दिया कलो, उच्छके लिए भी।'

'किसके लिए?' सुधा ने पूछा था।

'कबूतल के लिए। जानती हो, लंच में जब टिफिन खोलती हूँ, एक पाठा खा जाता है, आधा वो औल आधा उच्छकी मम्मी।'

बेटी की तोतली बातें सुनकर सुधा हँस पड़ी और बेटी का माथा चूमकर बोली 'हाँ कल से रख दिया करेंगे।'

'मम्मी! वो किछ किलास में पढ़ता है?'

'मैं क्या जानूँ? अपनी मेम से पूछना।'

अगले दिन से दो छोटे पराठे-पूड़ी या जो कुछ भी सुधा टिफिन में रखती थी कबूतरों के लिए भी रखने लगी। टिफिन को बैग में रखने से पहले चुनमुन टिफिन खोलकर चेक भी करती थी। उनका हिस्सा रखा होने पर वह खुशी-खुशी स्कूल जाने को तैयार हो जाती।

एक दिन चुनमुन स्कूल से जब घर लौटी तो बहुत उदास थी, उसने आज लंच नहीं किया था, उसके और कबूतरों के लिए रखी गई चार पूड़ियां और सब्ज़ी ज्यों की त्यों टिफिन में रखी थीं। सुधा के बार-बार पूछने पर वह रुआंसी होकर बोली...'कबूतल नहीं आये मम्मी, कैछे अकेली खाती।'

'क्यों नहीं आये??'

'पता नहीं।' फिर कुछ याद करके वह बोली...मम्मी! प्रेयल टेम में तालाब तरफ किछी ने जोल से पटाखा फोड़ा था, जैसे पापा दिवाली में फोड़ते हैं। वह डल गए होंगे। हें-हें-हें हें-डलपोक कहीं के...अब यही बाछी पूली कल खिलाऊँगी....तब छमझ में आएगा।'

चुनमुन ने अपनी तरह से अपनी उदासी का इलाज स्वयं कर लिया था। लेकिन मेरा मन दुखी हो गया था, मेरी समझ में अच्छी तरह आ गया था कि अब वह कबूतर का जोड़ा लौटकर नहीं आएगा। मेरा मन नहीं माना, तुरन्त स्कूल के तालाब में जाकर देख आया, मेड़ पर नोचे हुये पंख पड़े थे।

चुनमुन को समझाने-बुझाने और कबूतरों की याद से बाहर निकालने में बहुत मुश्किल लगा। संयोग से उसे लेकर हम लोग महाकाल की नगरी उज्जयनी गए हुये थे। मन्दिर के गुम्बद पर सुबह के समय बहुत से कबूतर बैठे थे। सुधा को अचानक एक उपाय सूझा, वह चुनमुन को दिखाकर बोली...'ओ देखो, तुम्हारे कबूतर महाकाल की नगरी में आकर रहने लगे हैं।'

'बदमाछ कहीं के, यहाँ अच्छा खाना मिलता होगा न मम्मी??'

'हाँ! यहाँ ताजी गरम पूड़ी-कचौड़ी और दूध जलेबी सब मिलता है।'

'सच मम्मी?'

'सच्ची।' माथा चूमती हुई सुधा बोली थी।

'तब ठीक है, यहीं रहने दो, जब मेली याद आएगी तब चले आएंगे।'
'जरूर आएंगे।' मैंने उसे तसल्ली दी।

महाकाल की कृपा से चुनमुन खुश रहने लगी थी, अब वह कबूतरों का जिक्र नहीं करती थी। सब कुछ ठीक हो चला था। आज उसका जन्म दिन था, आज से चुनमुन पांच साल की हो गयी थी। वह सुबह जल्दी उठ गयी थी। हम चुनमुन को लेकर शंकर जी के मन्दिर प्रसाद चढ़ाने आये हुये थे। प्रसाद चढ़ाकर और दर्शन कर घर लौटने के लिए बाइक में चाभी लगाई ही

थी कि, चुनमुन, खुशी से चिल्लाकर बोली....'ओ देखो पापा, 'मुझे हैप्पी बर्थ डे' बोलने कबूतल आ गया।'

मैंने देखा मन्दिर की मुंडेर पर कुछ कबूतर गुटर-गूँ करते हुये बैठे थे।

'छाम को घल आना...केक थिलाऊँगी। भूलना नई।' सुधा की गोद में बैठती हुई वह कबूतरों को सुनाकर बोली थी।

'सूर्यास्त नज़दीक था, सुबह भोजन-पानी की तलाश में नीड़ छोड़कर गए हुये पखेरू बसेरों को लौटने लगे थे। चुनमुन बहुत खुश थी। नये कपड़ो में सजी, छम-छम पायल झनकाती हुई वह बाहर-भीतर हो रही थी। तभी न जाने एक कबूतर कहाँ से आकर गेट के दायीं गुम्बद में बैठ गया। चुनमुन उसे देखकर बहुत खुश हुई। दौड़ती हुई भीतर गयी और सुधा से माँगकर मिठाई, कचौड़ी, पूड़ी हलवा एक प्लेट में ले आयी। हम लोग भी उसके पीछे-पीछे बाहर निकले। वह कबूतर से कह रही थी...'अकेला आया है, मम्मी को नहीं लाया?? वो मंदिल में लुकी होगी, कोई बात नई, नीचे उतल और खा ले तेले लिए है, देख पूली, मिठाई छब ले आई हूं।'

चुनमुन की बात जैसे कबूतर ने समझ ली हो, वह फर्श पर आकर बैठ गया था। चुनमुन खिलाती रही और वह खाता रहा। अचानक वह उलट गया। 'लो छो गया...हें-हें- अभी छे छो गया। देखो मम्मी, देखो पापा, कबूतल छो गया।'

'हाँ परिंदे जल्दी सो जाते हैं, उसे सोने दो बेटा।' मैं इतना ही कह सका था, कंठ अवरुद्ध हो गया था, वाणी मूक हो गयी थी, सुधा को मैंने इशारे से चुनमुन को भीतर ले जाने का संकेत किया। चुनमुन यह कहती हुई सुधा की उँगली थामे भीतर चली गई थी-

'आठ बजे फिल आना, केक खाने, मुझे हैप्पी बर्थ दे बोलने।'

मैं कबूतर की मृत देह को दफनाने दक्षिण दिशा को चल पड़ा था, उसके पंखों को आँसुओं से स्नान कराते हुये।

★ ★ ★

# लाइफ सर्टिफिकेट

रामसिपाही, चिरमिरी कोल माइंस में संतरी थे, मुख्य गेट पर उनकी ड्यूटी लगती थी, कभी दिन में, कभी रात में। कड़क डियूटी देने वालों में उनका नाम शुमार होता था। क्या मजाल था कि वे गेट पर हों और बिना उनकी अनुमति और रजिस्टर में नाम-पता दर्ज कराए, कोई सफेद चूहा तक प्रवेश पा जाए।

सन २०१० में वे कोल माइंस से रिटायर होकर गांव चले आये। उन्हें रिटायर शब्द से सख्त नफरत है। वे कहते हैं...'इस देश में नेता, वकील, डॉक्टर कभी रिटायर्ड नहीं होते, अंतिम साँस लेने तक आँखे तनख्वाह में जमाए रहते हैं। एक हम हैं उनसठ के हुये नहीं कि विदाई वाला माला तैयार होने लगता है।'

रामसिपाही को बाइस सौ चालीस रुपये मासिक पेंशन कम्पनी दे रही थी। पिछले साल से वह भी बन्द है। बेचारे बैंक के चक्कर पर चक्कर मार दिए लेकिन कुछ फायदा नहीं हुआ। किसी भले बैंक स्टाफ ने उन्हें दो माह पहले समझाकर बताया था...'चाचा! शायद आप अपने जिंदा होने का सुबूत बैंक को नहीं दे पाएं हैं, इसलिये पेंशन नहीं आ रही है।'

बेचारे हज़ार रुपये किराया लगाकर चिरमिरी के बैंक तो जा नहीं सकते थे, नजदीक के ही बैंक शाखा में जिंदा होने का कागज हर साल जमा कर दिया करते थे। पेंशन खाते में जमा होती रहती थी। अभी पिछले साल तक बिना नागा पेंशन बैंक खाते में आती रही। उन्होंने सोचा कि कौन पचड़े में फँसे, एक बार और भेज देने में क्या हर्ज है।

इस निमित्त से वे बैंक शाखा में गए और मैनेजर साहब ने निवेदन किया। चूंकि वे बैंक में अक्सर आया-जाया करते थे। पचास हजार का किसान क्रेडिट कार्ड भी बैंक से उन्हें मिला था। स्टाफ उन्हें पहचानता था। मैनेजर भी भले आदमी थे, उन्होंने सलाह दी कि आप पेंशन वितरण शाखा

से जीवित प्रमाण पत्र के साथ चिट्ठी भेजकर पेंशन न आने का कारण पता कर लें। हो सकता है कि पेंशन जमा होने लगे या अन्य कोई कारण से पेंशन रुकी होगी तो भी पता चल जाएगा। फिर जैसी वे करवाई चाहेंगे, कर देना। पेंशन आने लगेगी।

मैनेजर साहब बड़े दयालु स्वभाव के निकले। जीवित होने का प्रमाण-पत्र भी बना दिये और चिट्ठी भी लिखवा दिए। लगे हाथ ऑफिस प्यून से स्पीड पोस्ट भी करवा कर रामसिपाही को रसीद भी दिलवा दिए। रामसिपाही को अब पक्का भरोसा हो गया कि देर-सबेर पेंशन खाते में आने लगेगी। ऐसा कुछ हुआ नहीं। बीस दिनों के बाद बैंक की चिरमिरी शाखा से पत्र आया, मजनून कुछ यूँ था....

'प्रिय रामसिपाही जी,

आपके जिंदा होने का सुबूत पाकर हम खुश हुए और आशान्वित हैं कि आप अभी भी जिंदा होंगे। परन्तु, अत्यंत खेद के साथ लेख है कि पिछले साल आप जीवित प्रमाण बैंक में प्रस्तुत न कर स्वयं को जीवित साबित कर पाने में फेल रहे। तत्सम्बन्ध की रिपोर्ट आपके अकाउंट में ऑडिटर साहब हरी-भरी स्याही से उल्लेखित कर गए हैं। नया जीवित प्रमाण जो भेजा है, उसमें सत्यापनकर्ता मैनेजर के सिग्नेचर टेली नहीं हो रहे हैं। हम संदेह की स्थिति में कोई कार्य नहीं कर सकते हैं। अतः आपसे अनुरोध है कि जीवित होने की स्थिति में स्वयं बैंक शाखा में के.बाए.सी. के साथ हाज़िर हों, ताकि आपका भौतिक सत्यापन हो सके और पेंशन रिलीज करने की प्रक्रिया शुरू की जा सके। यदि आप मर गए हों तब भी चिंता की बात नहीं, आप पत्नी को के.बाए.सी. और अपने मृत्यु प्रमाण के साथ भेज सकते हैं। यह बैंक आपका-अपना है। हम हर वक्त आपकी सेवा को हाज़िर मिलेंगे।

भवदीय

शाखा प्रबंधक

अब रामसिपाही किराये के जुगाड़ में लग गए हैं। कुर्ता पैंट भी धोकर सुखा लिए हैं। किराये का जुगाड़ बनते ही चिरमिरी जाने की बात गांव वालों से बता चुके हैं। इंतज़ार कीजिये- वे कब जाते हैं? कैसे-कैसे स्वयं को जिंदा साबित कर पाएंगे? उनकी पेंशन खाते में कब आएगी? खोज का विषय है।

# कैदी न. ३६०

उसे कोई कवि नहीं मान सकता हैं, वह निरक्षर था। जिसने कभी स्कूल का मुँह न देखा हो। वह भला कैसा कवि? कैसा कविराज? इस पद के लिए कहते हैं– बहुत पढ़ना होता है, बहुत लिखना होता है, तभी कोई कवि हो सकता है। कविराज फिर भी नहीं।

उसका नाम कविराज कैसे पड़ा? कब पड़ा?? यह ठीक-ठीक बता पाना सम्भव नहीं है। कविराज जैसा तो नहीं फिर भी आज के दुमछल्ले कवियों से बेहतर तुकबंदी वह ऐसे भिड़ाता था कि आज के मूर्तिवान कविता/शायरी के जानकार दांतों तले उँगली दबा लें। रामायण की बहुत सी चौपाइयाँ और दोहे उसे कंठस्थ थे। काम करते हुये या फुर्सत के पलों में साथियों की फरमाइश पर वह फिल्मी गानों की चंद लाइनें भी अपने तरीके से गाकर सुना देता था। कुदरत ने उसे बेतरीन गला दिया था।

बात पुरानी, लेकिन काबिले-जिक्र है। वह इस गांव में काम/मजदूरी की तलाश में आया हुआ था। तब उसका कोई नाम नहीं था, कोई पहचान नहीं थी, सुपरवाइजर ने उसकी तुकबंद कविताओं के मद्देनजर हाज़िरी रजिस्टर में उसका नाम कविराज दर्ज कर लिया था। यहाँ नहर खुदाई का दीर्घकालिक काम चल रहा था, दिहाड़ी भले कम मिलती रही हो, लेकिन नियमित काम की गारंटी थी। इसी काम के दौरान उसको कम्मो नाम की एक मजदूर लड़की से मुहब्बत हो गयी। वह कविराज की तुकबंदियों की दीवानी थी, वह काम के समय में अक्सर कविराज के आगे-पीछे होती रहती थी। काम के दरमियाँ यदाकदा वजन उठाते-धरते एक दूसरे को धक्के मार देना, हाथों का आपस में छू जाना, हँसी मजाक कर लेना, श्रमिकों के बीच आम बात होती है। लेकिन जब यही क्रियाएं जानबूझकर या खास इरादे से की जाएं तब ख़ास हो जाती हैं। कहते हैं जिस तरह से सूरज की मौजूदगी को बदलियां नकार नहीं सकती हैं, उसी तरह से इश्क की रंगत को जिस्म नहीं

छुपा सकता है। प्यासे लबों की रंगत बदल जाती है, नयन कटारी हो जाते हैं, चितवन श्रृंगार रस की कविताएं गढ़ती है।

मुहब्बत का रंग एक ही होता है, चाहे वह राजा का हो या रंक का। रहीम जी की नज़र बहुत पैनी रही होगी, तभी तो वे ऐसा कह गए-

'खैर, खून, खाँसी, खुशी, बैर, प्रीति, मद पान।

रहिमन दाबे न दबें, जानत सकल जहान।।'

एक गहराई शाम की बेला में दोनों को इश्क फरमाते हुये साथी मजदूरों ने रँगे-हाथ पकड़ लिया था। दोनों की रुसवाई के इरादे लेकर ठेकेदार से अगले दिन मजदूरों ने सारी बात बता दी। उस समय खुली जगह में मुहब्बत का इजहार करना ग्रामीण परिवेश में बहुत गलत माना जाता था। यहाँ तक की छोटे से घर में परिवार के लोगों के सामने अपनी पत्नी की तरफ देखना या बात करना शर्म की बात होती थी। अंधियारा ही मददगार होता था, आपसी मूक मिलन के लिए। बहुत से तो एक-दो सन्तान हो जाने के बाद तक पत्नी को भर-नजर नहीं देख पाते थे।

ठेकेदार सुलझा हुआ भला मानुष था। अल्लाह के नेक बंदे हर जगह मौजूद होते हैं। उसने पूरी कैफ़ियत शिद्दत के साथ सुनी-समझी और देवी मन्दिर में ले जाकर दोनों की शादी करा दी। रहने के लिए अलग से झुग्गी भी दे दी। दोनों साथ-साथ पति-पत्नी होकर रहने लगे, उनके दिन जवां और रातें हसीन हो गयीं थी। सबसे पहले उन्हीं की झुग्गी में अंधेरा आता था।

कसे बदन की स्यामला कम्मो पर कुदरत की मेहरबानियाँ थी। उसकी सुंदरता पर अनेक लोगों की कच्ची नजर थी, साथी मजदूर तो उसकी चाल देखकर ही खुश हो लेते थे। जब वह सिर पर बोरी भर के मुरमी मिट्टी लेकर ऊँचाई चढ़ती थी तब लगता था की कोई खूबसूरत औरत की नक्श में उतारी हुई मोटर गाड़ी कलाबाजियों का फन दिखाती हुई पहाड़ी चढ़ रही है। बेगैरत इंसान सुपरवाइजर को इसी पल का इंतज़ार होता था। जब वह

नहर की तलहटी से भार लेकर ऊपरी सतह में आती फिर नीचे उतरती। वह उसके उन्नत उभारों की गति को टकटकी बांधे देखा करता था, लेकिन बदजुबानी या बदसुलूकी करने की हिम्मत उसमें क्या? किसी में भी नहीं थी। हर कामगार तक ठेकेदार के रुतबे की दहशत जो थी। वह किसी की बदनीयती या काम पर कोताही की खबर मिलने पर खुद तहकीकात कर हकीकत से रूबरू हुआ करता था। गुनहगार को काम से निकालने के साथ पिटाई भी कर देता था। वह रोज शाम को साइट देखने आता था।

मालिक भला हो तो सब भला, ज्यादातर मजदूर उससे खुश भी रहते थे, जरूरत पड़ने पर रात में भी वे काम करने को तैयार रहते थे। एक दिन बड़ा मालिक खुद मोटर से उतरकर काम का मुआयना किया, उसने ठेकेदार को आगाह किया कि बरसात से पहले किसी भी सूरत में खुदाई पूरी करनी होगी। ठेकेदार ने मजदूरों से मश्विरा लेकर चाँदनी रात में डबल पेमेंट पर काम चालू करा दिया। उचित वातावरण बनते ही सुपरवाइजर की बदनीयती जोर देने लगी। मौका भी पाप के अनुरूप बन गया था। उस दिन नाशाद तबीयत की वजह से कम्मो काम पर नहीं आयी थी। झुग्गी में वह अकेली थी। मौका ताड़कर सुपरवाइजर दो बदजात मजदूरों की मदद से उसके साथ जबरिया जिस्मानी सम्बंध बनाने में कामयाब हो गया। कामान्ध में न डर होता है, न हया होती है। यह सच साबित हो चुका था। जुबां-जुबां से होती हुई बात जंगल की आग की तरह फैल चुकी थी। कविराज दौड़कर झुग्गी तक गया था, रो-रोकर कम्मो ने सारी कैफ़ियत उसे बता दी। वह गुस्से से पागल हो उठा और हाथ में कुदाल उठाये सुपरवाइजर के पास आकर बगैर कुछ बोले कुदाल का जबरदस्त प्रहार उसके सर में कर दिया। सुपरवाइजर जमीन में गिर गया, थोड़ी देर हाथ-पैर पटकने के बाद शांत हो गया।

कविराज को हत्या के जुर्म में हवालात हो गयी थी। यद्यपि ठेकेदार ने अच्छी पैरवी कराई, कोई चश्मदीद गवाह भी नहीं गुजरा लेकिन कविराज के इकबालिया जुर्म कुबूल लेने की वजह से अदालत ने उसे सात साल के लिए हवालात की सजा सुना दी। वह कविराज से कैदी नम्बर ३६० हो गया। वहाँ

पर वह अधिकांश समय में गुमसुम रहता, बहुत जरूरी होने पर या किसी के कुछ पूछने पर ही वह बोलता था। एक संतरी जो उसकी आदत को नोट कर रहा था, एक दिन नजदीक आकर उससे बोला-

'कैदी! गुजरे पलों को सहेज कर चलने से वर्तमान बोझ बन जाता है। तुम भी हंसो, मुस्कुराओ, ठहाके लगाओ, जिंदगी आसान हो जाएगी।'

उसने कुछ जवाब नहीं दिया, अलबत्ता मुस्कुराने की जरूर कोशिश की थी। लब अगर जरा और साथ देते तो कोशिश मुकम्मल हो सकती थी।

'देखो! हवालात का तुम्हारा यह तीसरा साल है और मेरा भी। तुम क्या समझते हो, के सिर्फ तुम्हीं भर हवालात में हो? यह तुम्हारी गलतफहमी है दोस्त! इस दुनिया मे हर शख्स हवालाती है, आज़ादी नहीं है किसी के पास। यह बहुत बड़ी साजिश है। अन्य के बनाये उसूलों में जीने की मजबूरी को क्या नाम दोगे? हम सब वैचारिक गुलामी के सज़ायाफ्ता हवालाती हैं, दोस्त! इसलिए जब बोलो तो अपनी बात बोलो, अपने दिल की बात बोलो। फ़ुलाने ने कब क्या कहा था? अब बीते समय की बातें हुयी। मेरी सलाह मानो तो खुद की सेहत के लिए खुलकर हंसो, ठहाके मार कर हंसो, अपनी दुखती रगों में लात मार कर हँसो।'

कविराज बिना जवाब दिए मुड़कर परे चल पड़ा था, लेकिन दोबारा उसी संतरी की आवाज सुनकर वह रुक गया और नीची नजर किये हुए अत्यंत मरी हुई आवाज में बोला...'मैं मर चुका हूँ साहिब! मुझे जिंदा करने की कोशिश बेकार होगी।'

'झूठ मत बोलो कैदी, तुम अभी जिंदा हो, तुम बोलते हो, चलते हो, सोते हो, यह जिंदा होने के सुबूत हैं। संतरी बहुत नजदीक आ गया था, उसके कंधे में हाथ रखता हुआ वह पुनः बोला...'कैदी! तुम्हारे नेक चाल-चलन से बड़े साहब बहुत खुश हैं, तुम्हारी रिपोर्टिंग ऊपर कर दिए हैं। तुमने इतने कम समय में जैसी दर्जीगिरी सीखी है, वह मिसाल है। मुझे पूरी उम्मीद है, इस बार के गणतंत्र दिवस पर तुम्हारी रिहाई के हुक्म ऊपर

से मिल जायेंगे।'

'साहिब! बड़े साहिब से कहकर मेरी रिहाई रुकवा दो न।'

'क्यों?? अजीब आदमी हो।' संतरी भुनभुनाया।

'दीवारों से घिरी यह छोटी सी दुनिया मुझे अच्छी लग रही है। कम-से-कम इसकी सीमा देख सकता हूँ, वह दुनिया बहुत बड़ी है, मुझ जैसे छोटे लोगों के लिए वहाँ जीना बहुत मुश्किल है। वह दुनिया मुझ जैसे गरीब को न जीने देती है, न मरने देती है।'

'खुलकर बताओ मुझसे, शायद हम तुम्हारे किसी काम आ सकें।'

संतरी के अपनत्व भरे दो मीठे बोल सुनकर छाती में जमकर चट्टान हुआ दुख अपनत्व की हरारत पाकर पिघल गया, कविराज की आँखे सावनी दरिया के मानिंद उफन गयीं। 'साहिब! कम्मो, से मुलाकात अब इस जनम में नहीं होगी।' स्वयं को संयत करता हुआ वह बोला।

'ऐसा क्यों सोचते हो?'

'वो औरत थी, नापाक जिस्म का बोझ ढोने की उसमें हिम्मत नहीं थी।'

'इसमें उसका कुसूर तो नहीं?'

'पता नहीं साहेब! स्त्री की जवानी उसकी शत्रु होती है, यह मुझे बहुत देर से पता चला।'

'तुम्हारी मुलाकात कम्मो से जरूर होगी। देखना…रिहाई के दिन वह तुम्हारे इस्तकबाल में बाहर खड़ी मिलेगी।'

संतरी उसे तसल्ली देकर चला गया, कविराज पुनः चुपचाप काम में लग गया था। दिन-रात होते गए, कलेंडर की तारीखें बदलती गयीं, जल्द ही दिसम्बर का अंत भी आ गया। आज पुराने साल को अलविदा और नये साल के स्वागत में जेल में जलसा कराया गया था। कविराज को आज गाना था, यह जेलर साहब का हुक्म था। आज से तीन साल पहले जो कवितायें,

चौपाइयां और गाने जो उसे याद थे विस्मृत हो गए थे। ठिठुरन भरी रात्रि के ठीक ग्यारह बजे कविराज के गाने की बारी आयी, इसके पहले कैदियों में से कोई चुटकुला, कोई लोकगीत, कोई डांस दिखाकर मनोरंजन कर चुके थे। एक कैदी हारमोनियम से सरगम निकालने लगा, दूसरा तबले में थाप लगाकर सुरों के संगत योग्य उसे तैयार करने लगा, किसी ने बांसुरी लबों से लगा ली, किसी ने हाथ मे मंजीरा। सुरों की आमद जानकर, कविराज के भीतर सोया हुआ गायक जाग गया। उसने ऊँची तान भरी। गले में कम्पन देता हुआ सुरों को नीचे उतार लाया-

'ओ दुनिया के रखवाले, सुन दर्द भरे मेरे नाले...के मद्धम बोल को सुर में पिरोता हुआ, वह क्रमशः आगे को बढ़ा, आलाप, आरोह, द्रुत, झाला, यति-गति कोमल-निशाद से गुजरता हुआ कविराज जब यह लाइन गाया-

'जीवन अपना वापस ले ले, जीवन देने वाले।' सभी मौजूद कैदी, सिपाही और, स्वयं जेलर साहब की आंखे भर आयी। ऐसी पीड़ा का संगीतमय निर्झर-निनाद पहले कभी जेल में नहीं सुना गया था।

कविराज की रिहायी का हुक्म जेल में आ चुका था। गणतंत्र दिवस की सुबह सोलह अन्य कैदियों को भी रिहाई मिली थी। जेलर साहब सबको छोड़ने बाहर तक आये थे। घरों से परिजन कैदियों को लेने को आये हुए थे। सबकी मौजूदगी से भीड़ हो गयी थी।

इधर-उधर ताकता-झाँकता कविराज बाहर निकला। एक नवीन दुनिया कविराज के स्वागत में बाहर खड़ी हुई थी। कम्मो बाहर खड़ी जेल के मेन गेट को एक-टक ताक रही थी, शायद वह उसे जेल से बाहर निकलते हुये नहीं देख पायी थी। वह ठेकेदार भी पत्नी और बच्चों के साथ मोटर-गाड़ी लेकर आया हुआ था, जिसने दोनों की शादी कराई थी।

'मुबारक हो कविराज, जिंदगी की नवीन शुरुआत के लिए।'

ये जेलर साहब के शब्द थे जो खुशियों की चहचहाहट से मिलकर संगीतमय ध्वनित हुये थे।

★★★

# श्यामला

## (प्रेम कथा)

चंद्रदेव आज धरती का सम्पूर्ण विचरण की इच्छा लेकर निकले थे। जल-थल, खेत गली, मैदान, दरख्त, पहाड़, किला, खण्डर, झुग्गी-झोंपड़ी सब को आज अपनी दूधिया चांदनी से नहला देना चाहते थे। गगन सुंदरी श्यामला के साथ लुका-लुकौहल खेलते हुये जब वे रावी तट पर पहुँचे, उनके विशाल नयन उस अद्भुत दृश्य पर ठहर से गए। पानी-बीच विशाल नेत्राकर नौका में सवार दो पूर्णतया नग्न युगल चुल्लू में पानी भर-भर एक दूसरे पर उलीचते हुये अठखेलियाँ कर रहे थे। प्रथम दृष्टि में वे धरती से इतर लोक से आये हुये लग रहे थे। उनके कर्ण कुण्डल से प्रस्फुटित दिव्य ज्योति से पानी का बहुत सा भाग प्रकाशवान था। रात्रि में स्वभावगत शांत रहने वाला रावी का सस्य-शीत-धवल वारि अशांत लग रहा था।

'उधर देखिए देव! अदभुत..अदभुत।'

'स्पष्ट देख रहा हूँ, श्यामला।'

'उनके नजदीक चलिए देव।'

'नहीं श्यामला, यहीं से देखो, ज्यादा पास जाने से हो सकता है, वे अदृश्य हो जाएं, वे मानवी भले नहीं हैं, उनमें लज्जा अवश्य होगी। एकांत देखकर ही जलक्रीड़ा में निमग्न है। उनकी निजता भंग हो सकती है। क्रोधित होकर वे मेरा अनिष्ट कर सकते हैं।'

'अनिष्ट??'

'हाँ देवि! हम धरती के हितार्थ आये हुए हैं, किसी को किंचित भी क्लेश पहुँचना मेरा उद्देश्य नहीं है।'

'देव! मैं समझ गयी, आप उन प्रेमियों से डरते हैं।'

'नहीं देवि! भयभीत होने या न होने का प्रश्न नहीं है, वे प्रेम-क्रीड़ा

में निमग्न हैं। पवित्र प्यार के मिलन-पल को कामदेव अपने आभामण्डल से चारों दिशाओं में दूर-दूर तक रक्षा प्रदान करते हैं। उनके द्वारा रक्षित रेखा को स्पर्श करना खतरे को आमंत्रित करना है।' चंद्रदेव शांत भाव से बोले।

'लेकिन कामदेव तो भगवान महाकाल की क्रोधाग्नि में भस्म हो गए थे?' चन्द्रदेव के ज्योतित आमुख को स्याह शीश लटों से ओट में करती हुयी श्यामला बोली।

'हाँ! देवि, यह सच है, लेकिन निराकार कामदेव की शक्ति अभी क्षीण नहीं हुयी है। देवी रति की सम्पूर्ण नारी शक्ति उन्हें प्राप्त है, वे अत्यंत बलवान हैं।' श्यामला के श्यामल लटों को आमुख से हटाते हुए चन्द्र देव बोले।

'वो क्या?? उधर दृष्टि फेरिये देव, अब वे दोनों एकाकार होकर जोर-जोर से सांस छोड़ रहे है। परिणाम सामने है, नौका तीव्र गति से दोलित हो रही है, पानी से तेज तरंगे उठ रही हैं। क्या वे रावी के अथाह जल में समाधि ले लेंगे??'

'हमें यहाँ से चलना चाहिए।' श्यामला के बोलों से निःसृत काम के अपुष्ट संकेतों को निकटस्थ आया देखकर चंद्रदेव भयभीत होकर बोले।

'चलिए, चलने के अलावा और क्या आता है, आपको? कब करेंगे मुझसे इस तरह का प्यार? मैं भी उन्हीं की तरह प्यार सागर में डूब जाना चाहती हूँ। अपनी सहस्त्र शीतल किरणों से मुझे कसकर समेट लीजिए देव, मेरे पूरे बदन में अग्नि का संचार हो रहा है। मैं अपना समूचा अस्तित्व आपको प्रतिदान कर देना चाहती हूँ। मुझे स्वीकार कीजिये देव, अन्यथा...??'

'अन्यथा क्या??'

'प्रश्न नहीं बनता, आपको मालुम है, मेरी मृत्यु तय है।'

'नहीं-नहीं मैं ऐसा नहीं होने दूँगा।' चंद्रदेव जोर से चीख उठे थे।

उनकी तीव्र बुद्धि कुंठित हो चली थी। वे स्वयं को अनिर्णय की स्थिति में पा रहे थे। क्या करें, क्या न करें। यदि श्यामला के साथ सम्बन्ध बनाते हैं

तो उनका संकल्प टूटेगा, नहीं की स्थिति में श्यामला की मृत्यु हो जाएगी और उनके ऊपर नारी हत्या का पाप लगेगा। वे ऊपर की ओर नजरें टिकाकर जोर से बोले...'हे देवों के देव महादेव! मेरा मार्ग प्रशस्त कीजिये, दुविधा के भ्रमर से मुझे शीघ्र बाहर निकालिए।'

'चंद्रदेव!! नारी की भावनाओं का तिरस्कार करना उचित नहीं। नारी समादर से कोई पाप का भागी नहीं बनता है। दुविधा के भाव तुम्हारी तुच्छ समझ की उपज हैं। महादेव की सुदूर से चली आवाज चंद्रदेव के कानों तक पहुँच चुकी थी, अशांत मन को शांति मिल गयी थी। इधर श्यामला के धीरज का बाँध टूट चुका था। वह चंद्रदेव से ऐसे लिपट गयी थी कि धरती में अंधकार छा गया। तारक गण और नीहारिकायें विस्मय लिए एक-दूसरे से पूछ रहे थे कि चंद्रदेव समय पूर्व धरती से चन्द्र किरणें क्यों समेट लिए?? सर्वमान्य उत्तर किसी के पास नहीं था।

पानी की उष्ण बूंदे श्यामला के विशाल नेत्रों से निकलकर चंद्रदेव के विशाल वक्षस्थल को धोती हुयी धरती का आँचल गीला करने लग गयीं। चंद्रदेव तनिक झुंझलाकर शांत मन से बोले...'तुममें काम का उद्दाम प्रभाव साफ दिख रहा है। कदाचित यह उचित समय नहीं है। तारे गण जागे हुये कार्य में हैं, कहकशाएँ ज्योतिष की किताब खोले हुये भूत-भविष्य देख रही हैं। आकाश-पथ गामियों के लिए रात्रि जागरण का काल होता है। भगवान भास्कर हमारे भरोसे ही क्षितिज में विश्राम कर रहे हैं। कामाग्नि को स्वयं की जल बूंदों से अभी ठंडी कर लो। तुम्हारा प्रणय-निवेदन मुझे स्वीकार है, तुम्हारी भावनाओं के आगे नतमस्तक हूँ- देवि! परन्तु समय का विचार करो, हर काम उचित अवसर पर शोभित होते हैं, कदाचित यह उचित समय नहीं है।'

'देव! ज्ञान की बातें करनी मुझे भी आती हैं। लेकिन बड़ी-बड़ी बातों से क्षुधा शांत होने की बजाय और बढ़ती है। भोजन ग्रहण करने से पेट की क्षुधा शांत होती है, भोजन-दर्शन से या भोजन की बात करने से नहीं होती, बल्कि क्षुधा और बढ़ जाती है। देव! मैं आपकी प्रेयसी हूँ, इसमें

उचित-अनुचित, समय-कुसमय का विचार कैसा?'

बचाव के सभी रास्ते अवरुद्ध देखकर चंद्रदेव श्यामला को साथ लिए रावी नदी के अगाध जल-राशि में डूब गए।

प्रहर बीते काम का प्रचंड वेग शांत हो चला था। चन्द्र किरणें पुनः धरती के विस्तृत आँचल में पूर्व की तरह विचरण करने लगीं थी। आकाश पथिकों की ठहरी हुयी साँसे पुनः चलने लगी थी। वह नौका भी अब दृष्टि राडार से ओझल हो चुकी थी, जिसमें सवार प्रेमी युगल प्रेमालाप करते हुए कुछ देर पहले देखे गए थे। श्यामला के चेहरे की आकुलता गायब थी, अब वह शांत मन से बैठी हुयी धरती की तरफ निहारने लगी थी।

'क्या देख रही हो देवि।' उसके श्यामल लटों पर उँगलियों से पेंचकृति बनाते हुये चंद्रदेव बोले।

'देव! प्रत्यक्षतः नजरें धरती की सुंदरता निहारती प्रतीत होती हैं, लेकिन यह पूर्ण सत्य नहीं है।'

'तो??' 'देव आप सामर्थ्यवान है, स्वर्गलोक की बैठक में आप जाते हैं। मेरे देवता 'वरुण' तो मुँह सिये हुये हैं। हमारी समस्याएं वे बैठक में नहीं रख सकते। उन्हें डर है कि समस्याएं बताने से मंत्रिमंडल से निष्काषित कर दिए जाएंगे।'

'ऐसी क्या बात है देवि! खुलकर बताओ, जनहिताय-जनसुखाय बात होगी तो हल्ला बोल दूँगा। इंद्र का जीना हराम कर दूँगा। कालो के काल महाकाल के भाल में निवास करने वाला देव हूँ, सच बोलने और सच-पथ-अनुगमन करने में मुझे कोई भय नहीं है।'

श्यामला पुनः सन्निकट आ गयी थी, वह चंद्रदेव की आंखों की गहरायी में उतर कर बोली- 'देव, आपको मालुम है, आये दिन धरती में, जल प्लावन, बाढ़ सूखे की स्थिति बन रही है। इस विषय पर क्या किसी ने कभी सोचा? कभी चिंतन-मनन हुआ? वरुण देवता सारा दोष हम बदलियों के ऊपर मढ़ते हैं, जबकि हम निर्दोष हैं।'

'संतुलित जल वृष्टि का कार्य तो देवि तुम्हारी विरादरी का ही है?'

'देव! कर्तब्य बोध हमें हैं, लेकिन हम क्या करें, सूर्य के बढ़ते ताप से हमारे बादल कमजोर हो गए हैं। दिन–ब–दिन उनकी शक्ति क्षीण होती जा रही है। धरती में हमारे काफिले कभी पेड़ो में, कभी पर्वत-पहाड़ियों में ठहरते थे, वहीं हमारा विश्राम भी होता था, जल वृष्टि की योजना भी बनती थी। धरती वासियों ने पेड़ काट डाले हैं, पहाड़ो की छाती चीरकर सड़कें और रेल पटरियां बिछा दी गयी हैं। बताइए हम कहाँ आश्रय लें, इधर से उधर दौड़ते हुए हम थक जाते हैं, दिमाग विचार शून्य हो जाता है। ऐसे में ग़लतियाँ जरूर होंगी।'

'उचित कह रही हो देवि!'

'एक बड़ी चिंता की बात यह भी है, बादलों में काम की चाहत कम गयी है, बहुतों में संतानोत्पत्ति की शक्ति चली गयी है। ऐसे में हमारी जाति का अंत हो जाएगा। प्यासी धरती को फिर कौन पानी देगा? धरती वासी प्यास से तड़फ-तड़फ कर मर जायेंगे। धरती से जन-जीवन समाप्त हो जायेगा।'

श्यामला की बात सुनकर चंद्रदेव सोच में पड़ गए। उन्हें कोई उपाय सूझ नहीं रहा था। वास्तव में समस्या का हल धरती वासियों के पास है, जहां देवताओं की हुकूमत नहीं चलती है। यदि वे समय रहते नहीं चेते तो वे मरेंगे ही, हम लोग भी नहीं बचेंगे।'

'क्या सोचने लगे देव।'

'वही बात जो तुमने अभी-अभी कही, हम मुद्दे को बैठक में जरूर उठाएंगे। अब हमें चलना चाहिये-प्राची में सूरज के घोड़े रथ साजे तैय्यार खड़े हैं, भगवान भास्कर आते होंगे। कल फिर मुलाकात होगी।

'शुभ विदा देवि।'

'शुभ विदा देव।'

★ ★ ★

# निम्मी

वह पंजों को हाथ की तरह फैलाकर बीच में अपना काला चितकबरा थूथुन रुखकर नींद की मुद्रा में लेटी थी, लेकिन वह सो नहीं रही थी, सोने की मुद्रा में आराम फरमा रही थी, मेरे कदमों की आहट मिलते ही खड़ी होकर भूंकना शुरू कर दिया- ठीक, सीमा पर मुस्तैद सिपाही की तरह उसने मुझे चेतावनी दे डाली-'खबरदार आगे मत बढ़ना।'

सर के ऊपर उगे झबरे और स्वेत बाल किसी साधु की जटाओं के मानिंद थे। पांव में काली सफेद पड़ी बिंदी और लम्बी झबरीली पूँछ उसके व्यतित्व को शानदार बना रही थी। मेरी आगे बढ़ने की हिम्मत नहीं हुई, मैं कुछ भय से, कुछ उसकी सुंदरता को निहारने की ललक से जड़वत कुछ पल के लिए वहीं खड़ा रहा। शायद डा. शर्मा को किसी के आने की भनक उसके भूँकने के अंदाज़ से लग गई थी।

वे बाहर निकलते हुये बोले...'नहीं-नहीं, निम्मो, ये मेरे साहित्यिक मित्र हैं, इन्हें मैंने ही बुलाया है।'

वह कुतिया मस्तानी चाल में कूँ-कूँ करती हुई मेरे पांव को सूंघने लगी-शायद आगंतुक के सत्कार करने का उसका यही तरीका हो।

'भीतर आ जाओ।' शर्मा जी मुझसे बोले।

हम दोनों सामने बने ड्राइंग रूम में आकर बैठ गए। निम्मी भी चुपचाप आकर उसी कमरे के कोने में रखी तिपाई पर शांत मुद्रा में किसी सयाने की तरह बैठ गई थी।

'आने में विलम्ब कर दी? जब की तुम्हारा स्वभाव मेरी जानकारी अनुसार देर से पहुँचने का नहीं है? शर्मा जी गला साफ करते हुए बोले।

'आपकी जानकारी सही है सर! मैं समय से ही घर से चला था, लेकिन हनुमान चौराहे के पास कालेजी लड़कों ने सड़क रोक रखी थी। आपने भी आज के अखबार में पढ़ा होगा। ऑटो-टैक्सी में की गई किराया वृद्धि को

लेकर वे कल से विरोध कर रहे हैं। जब घण्टे भर बाद प्रशासनिक अमला पहुँचा और समझाइस दी, तब कहीं जाकर जाम खुला।'

'भई! आजकल तो यही सबसे घटिया और सरल तरीका लोगों के पास बचा हुआ है, सड़क में बैठ जाओ और आवागवन रोक दो। रेल की पटरियों में बैठ जाओ और रेलगाड़ियाँ रोक दो। इनका वश चले तो आसमान में जाम लगाकर हवाई जहाज रोक दें। इन्हें पता नहीं, उस मार्ग से निकलने वालों में से कोई बीमार है? कोई गर्भवती महिला है, जिसे अस्पताल पहुँचना जरूरी है? इन्हें कोई मतलब नहीं- कोई मरे या जिये, उनकी बला से।'

डा. शर्मा यह कहते-कहते उत्तेजित हो गए थे। बुजुर्ग चेहरे पर बनती बिगड़ती आकृतियाँ उनके आक्रोश को साफ बता रहीं थी। बीच-बीच में निम्मी भी पूँछ हिलाकर और कूँ-कूँ की ध्वनि के साथ उनकी बात का समर्थन कर देती थी। अब उसने स्वर बदल दिया था....कें-कें की आवाज उन बड़े और नुकीले दांतों के बीच से निकाल रही थी जो जीभ के अग्र भाग को संतुलित रखते हैं। जैसे कह रही हो मालिक! 'मुझे आदेश करें और वहाँ ले चलें, मैं दो मिनट में जाम खुलवा सकती हूँ।'

उनकी बेटी कॉफ़ी दे गई थी। अपना-अपना कप हम दोनों सम्हालते हुये काफी पीने में मशगूल हो गए, कुछ समय के लिए बैठक में ख़ामोशी छायी रही।

'आजकल क्या चल रहा है अनुज?' शर्मा जी ने यह पूछकर ख़ामोशी को विराम दिया।

'कुछ नहीं सर! थोड़ा बहुत लिख लेता हूँ। एक ग्रामीण विषयवस्तु आधारित उपन्यास को पूरा करने में लगा हुआ हूँ, जब भी वक्त मिलता है, उसी में कुछ लाइनें जोड़ देता हूँ।

'बहुत अच्छा कर रहे हो। वैसे आजकल गाँव की बातें इन नेताओं के सिवा कौन करता है, वो भी चुनाव के टाइम में, जातीय गणित फिट करने के लिए जब ये गाँव का रुख करते हैं। केवल उसी समय इन्हें खेत-खलिहान और किसान की याद आती है। बाकी समय में तो गांव जाने से उनके कपड़े

खराब हो जाते हैं, गोबर और मिट्टी मिली हवाओं के प्रभाव से उनकी सेहत खराब होती है।'

'साहित्यकारों को भी अब गाँवो से सरोकार नहीं रहा?' मैंने कहा।

'साहित्यकारों को गाँव से परहेज है, यह सही है। उनका भी दोष नहीं। जिसने कभी गाँव देखा ही नहीं, गाँव की आब-हवा, मिट्टी से कोई सरोकार नहीं, वे गाँव के बारे में क्या लिख सकते हैं?

कुछ जो गाँव से आकर शहर में घर बना लिए हैं, दो चार तुकबंदी रच लिए हैं, उन्हें अपने गाँव का नाम बताने में भी शर्म आती है, गाँव की बोली-भाषा में बात करने में शर्म आती है।'

'पत्र-पत्रिकाओं में छपने वाले साहित्य में भी हल्कापन नजर आता है।' मैंने कहा।

हाँ! आजकल के अखबारों में कैसी कविताएँ छप रही हैं। न पैर का पता न पूँछ का पता और कहानी? क्या कहें, कहानी के नाम पर चुटकुल्ले। बर्बाद कर दिया साहित्य को इन चुटकुलेबाजों ने। जी होता है, इन सबका गला मरोड़ दूँ।'

'सर, वर्तमान में जो प्रगतिशीलता का दौर चला है, उससे साहित्य भी अछूता नहीं है, इनका मापदण्ड मेरी समझ में नहीं आ रहा है? क्या मानवीय सम्वेदनाओं को दरकिनार करने पर ही प्रगति का मार्ग पुष्ट होता है? क्या इनके लिए कोई और रास्ता नहीं है?? क्या कपड़े उतार कर देह प्रदर्शन करने वाला ही प्रगति शील माना जायेगा? ये प्रगतिवादी लोग साहित्य और समाज का कितना भला करने जा रहे हैं?'

'ये बीमार सोच के लोग हैं अनुज, इनसे साहित्य का कोई भला नहीं होने वाला है। सस्ती लोकप्रियता हासिल करने के लिए ये तथाकथित प्रगतिशील लोग खास तौर से युवा रचनाकारों को गुमराह कर रहे हैं। वे उन्हें कुछ हद तक समझाने में कामयाब भी हो गए हैं कि..'यदि नाम कमाना है, शीघ्र शोहरत हासिल करनी है तो महिलाओं की खुली देह पर अमर्यादित ढंग से कलम चलाओ।' दुःख तो इस बात का भी है कि महिला रचनाकार

भी साहित्य की दुर्गति करने में किसी से कम नहीं हैं। आज टेलीविजन और अखबारों में छपे साहित्य में मनोरंजन के नाम पर अश्लीलता और फूहड़पन परोसा जा रहा है।' निम्मी हम दोनों की बातें बड़े गौर से बैठी सुन रही थी। बीच बीच में कूँ-कूँ-हूँ हूँ की आवाज से कही बात का समर्थन करती प्रतीत हो रही थी। 'मंचीय कविता भी इस समय चुटकुलों पर उतर आयी है।' मैंने कहा। 'उतर आयी नहीं, उतार दी गई है। और जानते हो? इसका पूरा श्रेय इन जोकरों को जाता है जो कवि और शायर का पुछल्ला लगाये, मंचों में बन्दर की तरह उछल-कूद मचाते हुये चीखते चिल्लाते हैं।'

'श्रोता भी तो आज के यही पसन्द करते हैं?'....मैंने कहा।

'श्रोता! अरे कौन से श्रोता? ये हुल्लड़बाज, मदक्की कवि के मदक्की श्रोता....हा हा हा हा..भई जानते हो, कविता और शेरो शायरी के रसिया तो बेचारे घर भीतर रजाई में दुबके हैं, अच्छा साहित्य लाओ। तभी ये बाहर निकलेंगे।'

शर्मा जी थोड़ा ठहरे और पास में रखा पानी का गिलास उठाकर पीने लगे। इधर निम्मी फिर से ..कें-कें, हूँ-हूँ...करने लगी थी। ये जानते हो क्या कह रही है?

'नहीं सर!'

'ये कह रही है..मेरे पास अगर वाणी का प्रसाद होता तो आजकल के कवियों से अच्छा तो मै कविता सुना सकती हूँ।'

'आपकी निम्मी है न।'

'जानते हो, मेरी हर नई रचना की पहली श्रोता यही होती है।'

'वाह वाह।' मेरे मुँह से अपनी तारीफ सुनकर निम्मी पूँछ हिलाने लगी थी। जैसे मेरा धन्यवाद कर रही हो।

'जानते हो' (यह उनका तकिया कलाम है, किसी भी नई बात की शुरुआत प्रायः 'जानते हो' से ही करते हैं) इसी दिसम्बर माह में निम्मी ने तीन बच्चे जने थे, दो मेल थे और एक फीमेल थी। गोल मटोल, बड़ी-बड़ी

चमकदार आँखों वाले, सचमुच बहुत प्यारे थे, अभी पिछले पखवारे एक ठाकुर को दे दिया हूँ। अम्मा बोली थीं, कि ये अब चार हो गए हैं। घर में इन सबकी समुचित देख-रेख नहीं हो पायेगी। मुझे भी लगा, अम्मा ठीक कह रही है। पर हृदय कभी सहमत नहीं हुआ। वह सदैव यही कहता रहा-'तुम कवि हो, शहर में तुम्हारा बड़ा नाम है, इन मासूमों ने क्या बिगाड़ा है कि इन्हें इनकी माँ से जुदा करने की सोच रहे हो? अन्तः अम्मा की बात को व्यवहारिक और उचित मानकर इसके बच्चे ठाकुर को दे दिये गए।

ओह! 'दुखद।' मेरे मुँह से अचानक निकल गया।

'जानते हो, अनुज! तुम सहृदय इंसान हो, मेरी पीड़ा का सहज ही अनुमान लगा सकते हो, चार दिन तक मेरे घर में भोजन नहीं बना। निम्मी और मेरी आँख से आँसू थमने का नाम नहीं ले रहे थे। मैंने अपने आपको समझाया-सम्हाला, सोचा, जानवर है, धीरे-धीरे यह बच्चों को भूल जायेगी। बच्चे भी इसे भूल जायेंगे। लेकिन नहीं, मेरी समझ गलत निकली, आज भी हम लोग निम्मी के सामने उसके पिल्लों का जिक्र नहीं करते। रोने लगती है, वो आँगन में है। तभी यह सब बता पा रहा हूँ।'

वातावरण बहुत बोझिल हो गया था। शर्मा जी के आँख से आंसू बह निकले थे, जिसे बार-बार छिपाने की वे कोशिश कर रहे थे। मेरी समझ में भी आ गया था कि माँ आखिर माँ होती है, उसकी अलग से कोई जाति या मजहब नहीं होता है। तभी तो उसे जन्म भूमि और स्वर्ग से भी बड़ा कहा गया है। मैंने शर्मा जी से जाने की अनुमति चाही, वे सोफे से उठते हुये बोले-

'ठीक है भाई, आते-जाते रहा करो। मुझे बहुत अच्छा लगता है।'

निम्मी को जाने कैसे पता चल गया कि मैं जा रहा हूँ। वह आँगन से दौड़कर आयी और दोनों पंजों को मेरे घुटने से टिकाकर दुम हिलाने लगी। मुझे उसकी मुहब्बत समझ में आ गई थी, अब डर की जगह मेरे दिल में उसके प्रति प्यार आ गया था। दोनों हथेलियों से मैं उसके सर पर हाथ फेरने लगा।

★★★

# परदा

'देखो, शहर से लौटबे टेम पाव भर 'लाई पट्टी' निखालिस गुड़ की लेते अइयो।'

हाँ के साथ प्यार भरी मुस्कान पत्नी पर डालते हुये बिरजू साइकल की सीट में बैठकर चलने ही वाला था कि पत्नी की दोबारा से आवाज सुनकर ठिठक गया, रमिया कह रही थी–'तेज मिरिच वाली नमकीन भी।'

हाँ! ठीक है।' इतना कहकर वह साइकल लेकर चार कदम बढ़ा ही था कि रमिया पुनः बोल पड़ी–'और वो चीज लाने को मत भूलना, जो रात में बताई थी, ४२ नम्बर सेट की।

'हाँ, हाँ सब ले आऊँगा–पहले जाने तो दो।'

बिरजू झुंझलाता हुआ घर से चल पड़ा था। रास्ते में वह स्वयं से बात करने लगा...'औरतों की आदतें पेट से होने पर बदल जाबे हैं का? कुछ न कुछ रोज नया चाहिए इसे, ई ससुरी टीवी का बेसाह दिए, जी की आफत बन गयी। जाने का–का फरमाइस कर देती है, न नाम याद रहता है, न साइज, न रंग। ई भी पता नाहीं कहाँ और कितने में मिलती है? मैं ठहरा डाइवर आदमी, गेयर–हॉर्न पूछ लो, ब्रेक, एक्सीलेटर पूछ लो, सब बता दूँगा। ई हम का जाने औरतों वाले कपड़ों के नाम। हमरा बाई जी अच्छी है, वो सब जानती–समझती है, मुझे तो कुच्छ मालुम नहीं। उस दिन बाई जी न होती तो, मेरी बहुत हँसी होती। वो का कहते हैं, रात पहनने वाला, हाँ याद आया–मैं गाउन की जगह पाजामा खरीद ले जाता। दुकानदार भी का समझे? मैं ही तो कह रहा था, लेडीज पाजामा दे दो, रात में पहनने वाला।'

आज भी उन्हीं से पूछन पड़ेगा। मुझे तो मालुम नहीं है। ये ४२ नम्बर के सेट का क्या चक्कर होता है?? मार्किट में कहाँ मिलेगा?? अपन की बाई जी गजब का मेम है, जो बोलेगी छुट्टा बोलेगी, बिना आगा–पीछा देखे, पहले चार बातें मुझे सुनाएंगी, फिर समझाएंगी...'बिरजू मेरी बात का बुरा मत माना

करो, हम औरतें होती ही ऐसी हैं, हजारों ख्वाहिशें लेकर धरती में जन्म लेती हैं, और हज़ारों अरमान सीने में दफन किये हुए दुनिया से चली जाती हैं।' अपने ही खयाल-सागर में डुबकियां मारता हुआ बिरजू शहर की तरफ बढ़ा जा रहा था।

झिंगुरदा कोल माइंस की आवासीय कॉलोनी में रवि सान्याल अपनी पत्नी रिसू सान्याल और पाँच साल के बेटे बंटी के साथ रहते थे। रवि सान्याल कोल माइंस में चीफ इंजीनियर के पद पर नियुक्त थे। बिरजू साल भर से उनकी ड्राइवरी कर रहा है। नौ बजे साहब को कार से ऑफिस छोड़ना और पाँच बजे उन्हें लेने जाना, ये रोज का काम था। बीच का समय बाई जी की खिदमत में बिताना यही उसकी दिनचर्या होती थी। छुट्टी कभी नहीं, किसी दिन की नहीं, जी-जांगर की बेजारगी होती, तब अलग बात थी। बाहर ही रवि साहब तैयार खड़े मिल गए थे, वे बिरजू को देखते ही बोले. .'फटाफट कार निकालो, आज जी.एम.का टूर है, जल्दी पहुँचना चाहिए।

पाँच मिनट के बाद साहब को बैठाकर बिरजू निकल पड़ा था। आज कार से उसने धूल की जमी परत भी नहीं हटाई थी, जबकि नित्य का नियम था, पानी के छींटे बॉडी में मारकर सूखे कपड़े से कार चमकाना फिर चलना। आज रास्ते में साहब ने उसे कह दिया था कि शाम को मुझे लेने मत आना, मैं किसी साधन से घर पहुँच जाऊँगा। तुम्हें मेम साहब को लेकर मार्किट जाना है। बिरजू खुश हुआ था, लगे हाथ उसका भी काम सध गया। बाई जी जरूर जानती होंगी ४२ नम्बर का सेट। मैं तो उससे मारे शान के पूछ नहीं पाया। मरद हूँ न, मुझे सब मालुम होना चाहिए। औरत के करवट बदलने से लेकर सुबह की टेढ़ी कदमों की चाल तक का रहस्य। हाय राम! 'पति श्री' का ओहदा भी कम जिम्मेदारी का नहीं होता है। वे लोग धन्य है, पति धर्म जैसे महान धर्म का निर्वाह करते हुए बा-इज्जत शहीद हो गए हैं।

साहब को छोड़कर बिरजू लौट आया था। बंगले की साफ-सफाई, पोंछा–झाड़ू के निजात पाकर वह लॉन में लगे, गुलमोहर के पेड़ के नीचे बैठकर सुस्ताने लगा। जेब से बीड़ी–माचिस निकाल कर एक बीड़ी सुलगा

ली, खींचकर लंबा दम मारा और नथुनों से धुंए उगलने लगा। यह उसके सुकून के पल होते

थे। अक्सर वह घरेलू काम-काज से फुर्सत होकर यहीं पर पालथी मारकर बीड़ी पीता था। इस समय बिरजू से सुखी दुनिया का कोई इंसान नहीं था। गुलमोहर के रंगबिरंगे फूलों पर सतरंग की चूनर ओढ़े तितलियों के झुण्ड को निहारते हुये बीड़ी पीना उसे बहुत सुकून देता था। बीड़ी का अंतिम कश खींचना ही चाहता था कि माली ने उसे आकर बताया कि भीतर मेम साहब तुम्हें बुला रही हैं।

उस समय वो बाथ में थी, बिरजू को आया समझकर वे भीतर से ही बोली- 'स्कूल छूटने का समय हो रहा है, जाकर बंटी को ले आओ, फिर खाने के बाद बाजार चलना है।'

बिरजू वापसी के लिए मुड़ा ही था कि बाथ रूम से पुनः रिसू मेम की मद्धम आवाज आयी-'देखो टॉवेल सूख गई होगी, ला देना।

इस बंगले में बिरजू के अलावा एक महिला भी काम पर थी, जिसकी ड्यूटी कपड़े धोना, झाड़ू-पोंछा और बर्तन की थी। लॉन के लिए माली कम्पनी से मात्र घण्टे भर के लिए आता था। छत से जाकर बिरजू टॉवेल उठा लाया, वह अभी ठीक से सूखी नहीं थी-'कहाँ रख दे।' दूर से ही बिरजू ने पूछा।

'इधर आने दो।' बाथ का आधा द्वार खोल कर रिसू बोली।

वह इस समय अंतरंग वस्त्रों में थी। बिरजू ने पहली बार अपनी मेम का खुला शरीर देखा था। वह आँख नीची किये हुए उसके हाथ में टॉवेल थमाकर बंटी को लेने के लिए बाहर निकल आया और कार स्टार्ट करने लगा था। अब वह सेट नम्बर ४२ के बारे में जान चुका था। रमिया ने जिस अंतर-अंग वस्त्र को बताने में शब्दों का महीन पर्दा बुना था, रिसू मेम ने उस पर्दे को हटा दिया था। यही फर्क था दो सभ्यताओं के दरमियान। पर्दे के इस पार मैं और मेरी रमिया, उस पार रिसू मेम और रवि साहेब। हम दोनों के बीच में यह पर्दा ही विभाजन रेखा है।

★ ★ ★

# भूतनाथ

'आज फिर सुबह-सबेरे कोरियर वाला आया था। मैंने उसे लौटा दिया है, आज के बाद आयेगा भी नहीं।' दृढ़ता के साथ हर शब्दों में जोर देती हुई क्षमा बोली, जैसे वह बहुत बड़े संधि प्रस्ताव में दस्तख़त करके आयी हो।

क्षमा मेरी पत्नी का नाम है। लेकिन 'क्षमा' जैसे दुर्गुण उसमें नहीं हैं, न मेरे बच्चों में हैं। मैं इस बस्ती का एक मात्र जीवधारी हूँ, जिसमे क्षमा, दया, करुणा नाम की तीन दुर्गुणी नारियाँ साथ में रहती हैं। वह अभी चुप नहीं हुई थी...'मेरी ओर आंखे तरेर कर बोली..' समझ में नहीं आता है, इतनी किताबें मंगाकर क्या करोगे?? पढ़ते तो किसी भी किताब को नहीं हो, मंगाकर अलमारी में जमा देते हो। हर महीने कम-से-कम हजार की किताबें आती है, साल में १२००० की। दस साल से किताबें खरीद रहे हो, कुल मिलाकर एक लाख बीस हज़ार रुपये पानी में गए। अब यह नहीं चलेगा, कोई भी किताब अब घर में नहीं आयेगी।'

क्षमा का अंतिम चेतावनी भरा ऐलान सुनकर मेरा मन दुःखी हो गया। अपने-आप जेब से रुमाल निकलकर हाथ में आ गयी, मैं भीतर जाने लगा। मैं उसे कैसे बताऊँ कि जब तुम सो जाती हो, तब मैं किताब पढ़ता हूँ। मेरी मनःस्थिति भांप कर वह पुनः बोली-'उसे फोन किये देती हूँ, अभी ज्यादा दूर नहीं गया होगा। लेकिन खबरदार! इसके बाद कोई किताब घर में नहीं आनी चाहिए, दैटस ऑल..।'

किसी आज्ञाकारी बालक की तरह मैंने सर हिलाकर सहमति दे दी। क्षमा का फोन पाकर कोरियर वाला लौट आया था। ५८० रुपये उसे भुगतान कर कोरियर मैंने रिसीव कर लिया।

'लिफाफा खोलकर दिखाओ तो, में भी देखूं किस ठग की किताब है, जो हमारे घर को लूट रहा है??'

'ये मुच्छड़??' लिफाफा खोलते ही किताब के कवर पेज में मुद्रित तस्वीर को देखते ही वह खिसियाकर बोली, लेकिन अभी उसके चुप होने के आसार बहुत कम थे। अरे! ये क्या 'भूतनाथ?' तुम्हें और कोई किताब नहीं मिली जो इसे मंगा लिए??

'बाबू देवकीनंदन खत्री के उपन्यास का नाम है–'भूतनाथ' बड़े अदब से देवकी बाबू का नाम लिया जाता है। देर तक खामोश रहने के बाद मैंने सफाई पेश की, जो अमान्य कर दी गयी।

'भूत लीला होगी–इस किताब में, फौरन इसे घूरे में फेंककर नहा डालो, तभी भीतर आना।'

'क्षमा, तुम समझने की कोशिश करो, इस किताब में भूत लीला नहीं है, बल्कि भूत भगाने के मंत्र लिखे हैं।' उसे समझाने की गरज से मैं भी झूठ बोल गया।

'कुछ भी हो भूतनाथ को लेकर तुम भीतर नहीं आ सकते, दैटस ऑल... आखिर हनुमान चालीसा के इस मंत्र में तुम्हें क्या खामी लगी–

'भूत पिशाच निकट नहिं आबे।

महावीर जब नाम सुनाबे।'

मैं निरुत्तर हुआ पिटाई खाये हुये बालक की तरह सर झुकाकर घर की देहरी में बैठ गया। वह फरमान जारी कर भीतर चली गयी थी। मुझे भूतनाथ की रक्षा करने का कोई उपाय सूझ नहीं रहा था, लेकिन मेरी छठी इन्द्रिय से कहीं न कहीं कोई रक्षक उपाय मौजूद होने के संकेत मिल रहे थे। यह अमिट सत्य है की सब कुछ कभी समाप्त नहीं होता है। रेलगाड़ी स्टेशन से छूट जाने के बाद कोई न कोई 'राम दूत' चेन पुलिंग जरूर करता है, छूटे हुये यात्री चीते सी फुर्ती दिखाते हुए ट्रेन के भीतर घुस ही जाते हैं। अचानक दिमाग की बत्ती जल उठी और उस मरियल रोशनी में बाजू की सड़क के मोड़ पर बने शिव मन्दिर में ठहरे साधू बाबा की तस्वीर चमक गयी। बाबा जरूर भूतनाथ की इस किताब को बचा सकता है। यकीन का

सबब भी था, बाबा चिलम को मुँह में लगाने से पहले हांक ढीलता था-

'बम खटाखट, बम चकाचक, जय हो भूत भावन-महाकाल-भगवान, भोलेनाथ! लइयो-लइयो पहल फूँक तेरे नाम पर बाबा।'

बाबा ने किताब रखवा ली थी। मैं विजयी भाव लिए घर आया और क्षमा की नजर बचाकर बाथ रूम में घुस गया। लेकिन बात यहीं खत्म नहीं हुई, बाथ रूम से बाहर निकलते ही क्षमा ने शक भरी निगाह मुझ पर डालकर पूछा...

'किताब??'

'घूरे में फेंक आये।' मैंने बताया।

'किताब नहीं, ५८० रुपये बोलो..घूरे में गए।'

'देखो किताब की वजह से ही तुम सस्पेंड हुये, ऑन ड्यूटी कोई बैंक का इम्प्लाई भला 'गबन' पढ़ता है?'

'पढ़ नहीं रहा था, देख रहा था। उसी समय पोस्टमैन देकर गया था कि चेयरमैन आ गया। उसने समझा कि बैंक में गबन करने के तरीके सीख रहा हूँ। मैंने बहुत कहा, लेकिन वह नहीं माना, सस्पेंड करके ही दम लिया।'

'मान तो तुम अब भी नहीं रहे, ये किताबें, लिखना-पढ़ना छोड़ो। इनसे कोई फायदा नहीं है। घर का पैसा बर्बाद होता है, दिमाग में कूड़ा भरता है, सो अलग से। देखो! तुम्हारी सेहत की मुझे बहुत चिंता है। कितने दुबले हो गए हो, रात में ठीक से सोते नहीं- कभी-कभी तो आधी रात उठकर जाने क्या लिखने चले जाते हो?'

'तुम नहीं समझ रही हो, किताबों में मेरे प्राण बसते हैं। किताबें घर में हैं तो मुझे लगता है, मुंशी प्रेमचन्द्र, महावीर, हजारी प्रसाद, पंत, निराला, महादेवी मेरे घर में मौजूद हैं। वे जीवित न सही, उनकी प्रेरणाएँ, शब्द, विचार पुस्तकों में दर्ज हैं। वे मुझसे सम्वाद करते हैं, मेरा पथ-प्रशस्त करते हैं।'

'हे राम! कौन समझाए तुम्हें, मरे हुए लोगों की किताबें घर में रखने

से नेगेटिव ऊर्जा का संचार होता है। ये हमें कंगाल बना देंगे। ये मरहूम लेखक हमारी खुशी के लिए बहुत खतरनाक हैं।'

बहुत बहस हुई, बहुत नोंक-झोंक हुई हम दोनों के बीच में। कोई भी पराजित नहीं होना चाहता था। अन्तः उसने नयनों के धनुष से अश्रु-बाण का प्रहार मुझ पर कर दिया। सीधे छाती में आकर तीर लगे, मुझे बहुत पीड़ा हुई, दर्द से अंग-अंग कराह उठा, तभी मेरी लाइब्रेरी की किताब से निकले दो मिसरे आंखों के सामने गोल-गोल घूमने लगे।

'जिंदगी में ये हुनर भी आजमाना चाहिए। जंग जब अपनो से हो तो, हार जाना चाहिए।'

मैंने पराजय स्वीकार कर ली, अपनी पत्नी क्षमा के लिए, अपने घर परिवार की सुख शांति के लिये। क्षमा की समझ में जंग खत्म हो गयी थी, लेकिन ऐसा नहीं था। जंग जारी थी, स्वयं की स्वयं से, जय-पराजय जहां अनिर्णीत होते हैं। एक दिन मन में आया कि बैंक हो आएं, मैडम करिअम्मा जो केरल की रहने वाली थी, उसकी रुचि साहित्य में थी, मुझसे माँगकर वे अक्सर किताबें घर ले जाया करती थी। मन में आया कि उसी को सारी किताबें गिफ्ट कर दूँ। यह विचार मन में लिए हुए मैं बैंक आया हुआ था। मुझे देखते ही करिअम्मा खुशी से चहक कर बोली...'बदाई सर! आप री-स्टेट हुआ, एट एंड मैनेजमेंट समझ़ा, यू रीड ओनली नॉवेल, नॉट योर बैड एम।'

मुझे भी जानकर प्रसन्नता हुई, बहाली का ऑर्डर भी रिसीव कर लिया।

ऑर्डर में साफ लिखा था-'बैंकिंग कार्य अवधि में किसी भी विषय की किताब पढ़ना दंडनीय अपराध है।' आपका उक्त कृत्य बैंक सेवा नियमन के प्रतिकूल है। इसलिए एक वेतन वृद्धि रोकते हुए, उक्त कृत्य की पुनरावृत्ति न करने की कड़ी चेतावनी के साथ सेवा में नियमित वापसी की जाती है।'

किताब रखने की बात पर करिअम्मा सहमत हो गयी थी, उसने यह भी कहा कि उतना मूल्य पे नहीं कर सकती, लेकिन आधा जरूर पे करेगी।

हमारे साउथ के गर-गर में हिंदी की किताबें रखना शान समझी जाती हैं। अमारा पेरेंट्स खुद हिंदी लिट्रेचर पढ़ता है।

घर की व्यवस्था क्षमा के अनुकूल होती जा रही थी। किन्तु मेरे अंतस में अशांति बनी हुई थी, लगता था, रास्ता चलते-चलते बहुत थक गया हूँ। करिअम्मा पच्चीस हजार देकर सब किताबें उठा ले गयी थी। एक रात सोते-सोते मुझे ऐसा लगा कि देवकी बाबू सिरहाने खड़े हैं, वही बेतरतीव छितराई हुइ मूंछें, सुदीप्त तेजोमय, चेहरे पर काली टोपी पहने हुये वे मुझसे कह रहे थे- 'दिल छोटा मत करो, मैं जिंदा हूँ। एक किताब की प्रति नष्ट हो जाने से लेखक के विचार अन्य प्रतियों में जीवित रहते हैं।'

मुझे रात भर नींद नहीं आयी सुबह होते ही मन्दिर पहुँचा, बाबा उल्टी साँसे खींच रहा था, मुझे देखकर सीधी साँसे खींचने लगा। मैंने उससे किताब के बारे में पूछा, उसने किताब के प्रति अनभिज्ञता जाहिर की। निराश मन से घर की तरफ लौट रहा था कि याद आया, घर में जीरा, गरम मसाला खत्म होने की नोटिस कल क्षमा ने दी थी। किराना दुकान में पहुँचकर जीरा, नमक और गरम मसाला देने को दुकानदार से मैंने कहा। वह जीरा तौल रहा था कि मेरी नजर 'भूतनाथ' पर पड़ी, वे कोने में पड़े कराह रहे थे। बहुत से पन्ने किताब से फाड़कर धनिया जीरा की पुड़िया के लिए इस्तेमाल किये जा चुके थे। मैंने उससे पूछा..'ये किताब तुम्हें किसने दी?'

'कुछ दिन पहले बाबा रद्दी में बेच गया था।' दुकानदार ने बताया।

'मेरी अंतस पीड़ा अकथ थी, जेब से रुमाल निकालकर पुनः हाथ में आ चुका था, मैं उल्टे पांव घर को चल पड़ा था। पीछे से दुकानदार चिल्लाता ही रह गया-बाबू जी- बाबू जी।

# नया संकल्प

'ममा! पापा कब आएँगे ?' आँखे मलते हुये बंटी ने पूछा था।

'होली में आने को कहे हैं।' अभी सो जाओ, सुबह जल्दी उठना होगा।

'कहां गए हैं, पापा?' बंटी ने दोबारा पूछा था।

'भगवान के घर गए हैं, बेटा।'

'कल फोन छे मेली बात कला देना। हम कह देंगे जल्दी छे भगवान का काम निपटाकर आओ, मुझे बौत याद आती है।'

तीन साल के इस अबोध बंटी को कैसे बताऊँ कि तुम्हारे पापा अब कभी नहीं आएँगे। वे बहुत दूर जा चुके हैं। हाँ बहुत दूर, जहाँ से वापस लौटकर आज तक कोई नहीं आया है।

ब-मुश्किल से डेढ़ महीना ही तो गुजरा है, जब बाबू जी के पास किसी सैन्य अधिकारी का फोन आया था–

'राइफल मैन केशव सिंह, सीमा पर दुश्मनों से लड़ते हुये वीर गति को प्राप्त हुए हैं। वे मुल्क के लिए शहीद हो गए हैं। उनका पार्थिव शरीर गाँव के लिये रवाना हो चुका है।'

बाबू जी, खबर सुनते ही बीच आँगन में गश ख़ाकर गिर गए थे, मोबाइल हाथ से छिटककर दूर पड़ा था। मैं कमरे में थी। कुछ गिरने की आहट पाकर मैं दौड़कर आँगन में आ गयी। एक नज़र ज़मीन पर पड़े बाबू जी पर डाली दूसरी दूर पड़े मोबाइल पर–उससे अब भी हैलो-हैलो की आवाज आ रही थी। मुझे बस इतना याद है– कान से मैंने मोबाइल लगाया था। इसके बाद क्या हुआ? मुझे कुछ याद नहीं है। जब होश आया तो पता चला– मेरी दुनिया उजड़ चुकी है।

हाँ! सब कुछ तो चला गया। मेरे पास अब बचा ही क्या है? महज

हाड़-मांस के इस निर्जीव शरीर के अलावा, शायद कुछ भी नहीं। पहले लगा था, मैं भी इस शरीर को नष्ट कर दूँ। पूरी तैयारी कर ली थी। नाइलॉन की मजबूत डोरी से फंदा तैयार कर सीलिंग फैन से फांस चुकी थी लेकिन कामयाब नहीं हो पायी। बंटी जाग गया था। एक माँ की ममता जाग गई थी।

अब मैंने जीने का फैसला कर लिया है। समय से पहले बूढ़े हो चले अम्मा और बाबू जी के लिये। मैंने संकल्प लिया है- केशव की छोड़ी गई जिम्मेदारियों को मैं पूरा करूंगी।' उनकी शहादत को बेकार नहीं होने दूँगी।

बाबू जी बताते हैं- जिले के सभी बड़े अधिकारी और नेता केशव की अंतिम यात्रा में शामिल होने आये थे। पूरे गांव में लोगों का सैलाब उमड़ पड़ा था। दूसरे दिन मुख्य मंत्री महोदय घर आये थे। वे आर्थिक मदद के साथ-साथ गांव का नाम 'केशव नगर' रखने की घोषणा कर गए हैं।

ये सब मेरे किस काम के? पैसे लेकर क्या करूंगी? गाँव का नाम बदल देने से क्या केशव जिंदा हो जाएंगे? नहीं-मुझे मेरा प्यार चाहिए-मेरी माँग का सिंदूर चाहिए-बंटी को पिता चाहिए- बूढ़े मां-बाप को उनका बेटा चाहिए।

है कोई जो लौटा सकता है, केशव को? मुझे केशव चाहिए- सिर्फ केशव।

मैं इतने जोर से चीखी थी कि अम्मा और बाबू जी कमरे में आ गए थे। बंटी डर के मारे छाती से लिपट कर रोने लगा था। बाबू जी जोर से चिल्लाये थे- 'होश में आओ बहु, आँसू नहीं बहना चाहिए। तुम्हारा रोना शहीद राइफल मैन केशव प्रताप सिंह को अच्छा नहीं लगेगा। आँसू कायरता की निशानी है। बहादुर बन बेटा।'

मैंने भी उसी समय, घर के दो बड़े बुजुर्गों के सामने संकल्प लिया कि अब आँखों से आँसू नहीं बहने दूँगी। शहीद की विधवा हूँ न, मुझे रोने का हक नहीं है।


★ ★ ★

# आखिरी मुराद

आज हॉस्पिटल में एक परिचित को देखने के लिए मैं आया हुआ था, उससे मिलकर वार्ड से बाहर निकला ही था कि एक अपरिचित दुबले-पतले आदमी ने रास्ता रोककर कहा...'साब जी! 'बइया बहुत बीमार है, उतै भरती हबै, आपको बुलाबे खातिर मोही भेजो है।'

मैंने सोचा होगा कोई परिचित, चलो देख लेते हैं। मैं उसके पीछे-पीछे वार्ड में दाखिल हो गया। वार्ड के कोने वाले बेड में एक महिला जिसके शरीर में केवल हड्डियां बची थी, पीठ में तकिया का सहारा लिए हुए पलंग में बैठी थी। वो आदमी मेरे बैठने को स्टूल रखकर एक किनारे हाथ बाँधकर खड़ा हो गया।

'बैठ लो बाबू सा... मैं कचनार हूँ। जे झुन्नू है, छोटा वाला भाई।'

'कच... ना... र ?' यह नाम सुनते ही मैं चौंक उठा। चौंकना स्वाभाविक था। यह वही नाम है जो आज बत्तीस साल से मेरे सांसों की हर धड़कन में अपनी उपस्थिति दर्ज कराता आ रहा है। इसे कैसे भूल सकता हूँ, लेकिन मैंने स्वप्न में भी यह नहीं सोचा था कि कचनार से इस हालत में मुलाकात होगी। मेरे मुँह से सिर्फ इतना निकला....'तुम?'

'हाँ बबुआ...तुहरी कचनार।'

मैंने उसे गौर से देखकर, पहचान लिया था, हड्डियों के कठोर कवच में चल रही साँसे कचनार की ही थीं।

'लेकिन, ये क्या हुआ ??'

साब जी, आपके तबादले के बाद बइया बहुत उदास रही। फिर धीरे-धीरे सब ठीक भयो, इसने बिआह नाहीं करी, मेरे साथ रहित है, गांव केर सरपंच रही, गांव का बहुत काम कराई, पै आपन शरीर केर धियान नहीं किहिस। आजु छः महीना से बीमार रहबे है, चार दिन से इतै भरती

हओ। डाकटर अब कहत हैं- ई अब ठीक नाहीं होई, घर ले जाबो।' झुन्नू एक साँस में सब बोल गया।

'विआह नहीं किया? पर ये मांग में सिंदूर?' आश्चर्य से मैंने पूछा।

हाँ, बाबू सा. 'इआ सेंदुर तोहरे नाम का मोरे मांग मा भरा है। कोऊ नाहीं जानय इआ बात का। आपन आतिमा हम माई के सामने तुम्हीं सौंप चुकेन रहा। इआ देह का भरोसा का करी, इआ माटी से बनी है, माटिन मा मिल जैहै। माई बड़ी ताकत वाली है। मोहीं पक्का भरोसा रहा कि अंतिम बेरा तुमहीं दिखिन के बाद मोर साँस छूटी।'

'नहीं, नहीं, ऐसा अशुभ मत बोलो। तुम बिल्कुल ठीक हो जाओगी। तुम्हें कुछ नहीं होगा। अनायास ही मेरे हाथ उसके सूखे गालों में बह आये आँसुओं को पोंछने के लिए बढ़ गए थे, साथ ही यादों की सभी वो परतें बन्द किताब के पन्नों की तरह खुलने लगी थी जो बत्तीस साल से मेरे सीने में सुरक्षित रखी हुई थी।

यह बात उन दिनों की है। जब मैं पच्चीस साल का था, दौड़ सकता था और दौड़ा भी सकता था। यह मेरी नौकरी की पहली पोस्टिंग थी, ये इलाका भी कुछ नये मिज़ाज़ का था। चारों तरफ जंगलो से घिरा हुआ आदिवासी बाहुल्य गाँव, वहाँ के निवासी भी अलग तरह के, काला मुँह और सफेद बड़े-बड़े दांत। रात में दाँतों की चमक से ही पता लगता था कोई मानव प्राणी है, लेकिन स्वभाव से बहुत सीधे-साधे, सच्चे, ईमानदार और अपने काम से काम रखने वाले- 'न ऊधो का लेना, न माधो का देना।' अपने आप में मस्त।

चाँदनी रात और घर के आंगन में जब वे कमर में तौलिया का फेंटा मारकर, महुआ की कच्ची दारू हलक के नीचे उतार कर, दीन-दुनिया से बे-खबर हो, मादल और गुदुम की धुन में, पाँव में घुघरू बाँधकर, घर की महिलाओं के साथ..'रैन छिटकी जोधइया हँसय तरई, चला संगी नाची सोबाय चिरई।' के बोल पर ताल से ताल मिलाकर छम्म-छम्म करते हुए जब

ये अलमस्त नाचते थे, तो इनका अंग प्रत्यंग नाचता था और इनके साथ चाँद-सितारे, धरती-आकाश भी नृत्य करते प्रतीत होते थे।

'कचनार' को कर्मा और राई नृत्य पर महारत हासिल थी। वह उस समय बीस बाइस साल की मजबूत कद काठी की युवती थी, उसके अंग-अंग से यौवन छलकता था। यकीनन वह कचनार की कली थी, जब वह अपने जोड़ीदार धूमन के साथ सुध-बुध खोकर नाचती थी, अंग-अंग से बिजली सी फूटती थी। राई नाच में जब वह चढ़ाव भरकर फिरिहरी भरती तब उसकी बलखाती कमर पर हर किसी की आँख ठहर जाती थी। उसका नाच देखने को पूरा गांव जमा होता था, मैं भी चोरी छिपे उसके नाच को कई दफा देख आया था। वैसे वह शादी-उत्सव के दिनों में ही नाचती थी।

मुझे मालुम नहीं, क्यूँ मुझे कचनार अच्छी लगने लगी थी? उस समय कोई अगर संसार की सबसे सुन्दर स्त्री का नाम पूछता तो मेरे मुँह से कचनार का नाम निकलता। उस समय मुझे चाय पीने की लत नहीं थी लेकिन कचनार की चाह ने मुझे चाय का आदी बना दिया। सड़क के मोड़ पर सुबह की बस जहाँ सवारी के लिए ठहरती थी, वह बस अड्डा कहा जाता था, वहीं पर मात्र एक टपरेनुमा मकान में चाय बनती थी। मैं एक कप चाय पीने में आधा घण्टा लगाता और बीच-बीच में उसके घर के तरफ भी देख लेता था। मेरी चाहतें सूक्ष्म तरंगों के रूप में कचनार तक पहुँच जाती थी। वह भी दो चार बार घर से बाहर निकलकर मेरी और नजरें फेंक देती थी। नजर से नजर का मिलाप हो जाता, और मैं कुछ पलों की संतुष्टि लेकर कमरे में लौट जाता और वह भी भीतर चली जाती। यह मेरी सुबह की दिनचर्या में अनिवार्य सा हो गया था। एक दिन कचनार बाहर नहीं निकली, मेरी चाय भी खत्म हो गई, दुकानदार ने पूछा....

'दूसरी दूँ साब।'

'नहीं..नहीं'!....मै हड़बड़ाकर बोला था, जैसे मेरी चोरी पकड़ ली गई हो।

'एक बात बोलूँ साब!'

'बोलो।' खाली चाय का कप तीन टांग की टेबल में रखते हुए मैंने कहा। वह मेरे कान के पास मुँह ले जाकर फुसफुसाकर कहने लगा...'ई ठीक नाहीं साब! अपुन जानत हबै, आप फिसल रहो है, ऊ ठहरी गोंड़ आदिवासी ऊ का कछू बिगड़न को नाहीं। नाहक आपकी बदनामी होबे, आप साहब लोग हैं, बड़े घरन केर लड़िका आहो।'

'नहीं, नहीं, सुन्दर! ऐसी बात बिल्कुल नहीं है। तुम लोग भी क्या सोच लेते हो? कचनार मुझे अच्छी जरूर लगती है, लेकिन अच्छी लगने का मतलब कुछ और तो नहीं, तुम लोग भी उल्टा सीधा अर्थ निकाल लेते हो।' मैं सफाई देता हुआ बोला था।

'माल तो एक नम्मर का है साब!'... सुन्दर दांत निकालते हुये बोला था। सुंदर की बात मुझे बहुत बुरी लगी, उसे मारने को मेरा हाथ उठ गया था...लेकिन अगले पल खुद को संयत कर हाथ वापस खींच लिया। और सुन्दर को ताकीद किया कि दोबारा इस तरह की गंदी बात कचनार के लिए नहीं बोलेगा। समय कितना तेजी से निकल गया। जरा सा आभास नहीं हुआ। मैं उससे मिलने के अवसर तलाशता रहता, वह भी अवसर तलाश लेती, मुलाकात कहीं न कहीं हो ही जाती थी। भर नजर एक-दूसरे को देख लेते, दो चार बातें हो जाती। यही बहुत था। बात-बात में यह भी उसने एक दिन बताया था कि वह आठवीं तक पढ़ी है। तब मैंने उससे कहा...'तुम मुझे चिट्ठी क्यों नहीं लिखती?' इस पर वह जोर से हँसकर बोली थी...'बाबू सा... नासमझ हो तुम, हिरदय की बातें कभी चिट्ठी में लिखते बनी है। हम तो तुहरी आँखी की बोली समझत हैं, का तुमहीं मोर आँखन के बोली नाहीं समझ आवत??'

दिन बीतते-बीतते डेढ़ साल गुजर गए, बिल्कुल मालुम नहीं पड़ा। अचानक मालुम नहीं, क्या हुआ? कचनार ने नाचना कम कर दिया, बाहर वह यदा-कदा ही निकलने लगी थी। एक दिन शाम को मैं स्कूल की तरफ से घूमकर लौट रहा था, वह रास्ते में मिल गई, मुझे देखकर थोड़ी ठिठकी

फिर आगे बढ़ गई। मुझसे रहा नहीं गया, मैं बोल उठा...

'कचनार रुको! तुमसे बात करनी है।

'का फायदा बाबू सा, अब तो देखन को जी तरसे है, आप भी होटल अब नहीं आऊत, तुमने हमही लैके सुन्दर पे हाथ उठाया, ठीक नाहीं किया।' वह बिना रुके, चलते हुए बोली थी।

'तुम्हे कइसे पता ??'

'सुन्दर ने दउआ (पिता) से बताउत.....दउआ खीब गुस्सा हुआ, मुझे पहले मारा फिर समझाइस.....'देख कच्चू, अपुन गोड़ आदिवासी हयेन अउर ऊ ठहरे बड़के मन्नुख। हमार उनखर कछू मेल नईं बेटबा, ऊ तोही नाहीं, तोर देह चाहत है। कबौ तोही घरवाली का दर्जा न देई, बात का समझ।'

'तुम का सोचती हो?' मैं भीतर तक आहत होकर बोला।

'हम का शोचबे, अपुन का सोचन केर हक नहीं आय बाबू सा।'

मुझसे कुछ बोला नहीं गया। मैं उसके पीछे-पीछे चुपचाप बराबर का फासला बनाये हुये रास्ता चल रहा था, शाम का धुंधलका बढ़ गया था, गाँव के घर और दरख्त धीरे-धीरे अँधेरे में विलीन होने लगे थे, इधर दोनों दिलों में विचारों का सैलाब आया हुआ था, हम एक दूसरे से बहुत कुछ कहना चाह रहे थे। लेकिन उचित शब्द न मुझे मिल रहे थे, न कचनार को मिल रहे थे। बाहर सन्नाटा, भीतर तूफान।

अचानक कचनार पलटी और मुझसे कसकर लिपट गई। उसके आँखों से हो रही आँसुओं की बरसात से मेरे कपड़े गीले होने लगे थे, इस अप्रत्याशित घटना से मैं घबरा गया। मुँह से बोल नहीं फूट रहे थे, केवल ओंठ काँप रहे थे। उसके देह के स्पर्श से मेरा तन-मन गहरे नशे की गिरफ्त में आ गया, मुझे होश नहीं रहा। मुझे यह भी मालुम नहीं है कि हम दोनों कब चलते हुये कच्चे रास्ते को छोड़कर एकांत में आ गए थे। हम दोनों को उस एकांत में वह अनचीन्हीं वस्तु मिल गयी थी, जिसके बारे में कभी सोचे तक नहीं थे।

हम दोनों एक दूसरे से अलग हो कर पुनः रास्ता चलने के लिए तैयार होने लगे गए थे। अंधेरा बढ़ गया था, घरों में लालटेन की मरियल पीली रोशनी बाहर झाँकने लगी थी। हम अब घर को ले जाने वाले रास्ते पर चलने लगे थे।

'कचनार! मुझे तुम्हारी बहुत फिक्र हो रही है?'

'क्यों?'

'मुझे लगता है, घर में तुम्हारी तलाश की जा रही होगी, पता नहीं दउआ   क्या सोचे? तुम्हें कोई तकलीफ न दे?'

'बाबू सा.  फ़िकर मत करिबो, वह घर मे नाहीं है, मामा के यहाँ गया हुआ है। अउर अब कोनो फ़िकर नाहीं.. देवी माई तुमसे हमार मिलन कराय दिहिस, अब कुच्छ न चाही, बबुआ! अब कबौ-कबौ मोही दिख जइहौ....इहै बहुत होई।'

उस दिन के बाद मेरे कार्य व्यवहार में बहुत परिवर्तन आ गया। मैं अंतर्मुखी होने लगा, काम में बहुत गल्तियाँ करने लगा। हमारे बॉस बहुत अच्छे थे, वे हमें डाँटते थे, फिर समझाया करते...'देखो प्रकाश तुम मेरे छोटे भाई की तरह हो, तुम्हारे भीतर क्या चल रहा है, मैं समझ नहीं पा रहा हूँ।

लेकिन ऐसे रहने से कोई फायदा नहीं। मुझे सच-सच बताओ, मैं तुम्हारे साथ हूँ। कुछ भी गलत नहीं होने दूँगा.... बोलो!'

अपनत्व की तासीर पाकर मेरा दिल वाचाल हो उठा। मैंने अब की बीती बातें सब उन्हें बता दी। मैंने स्पष्ट बताया कि...'दादा यह सही है, कचनार मुझे बहुत अच्छी लगती है। उसे नाचते हुए जब पहली बार देखा था, तभी से। लेकिन मुझे इस बात का कभी इल्म नहीं हुआ कि वह भी मुझे चाहती है। बस इतनी सी बात को लेकर गाँव में कितनी तरह की बात फैली है। वह आप जानते हैं।' हिम्मत बटोर कर मैंने उस शाम को जो कुछ हुआ था, वो भी उनको बता दिया।

'क्या चाहते हो प्रकाश?' उन्होंने सीधा सवाल किया। मुझे कुछ समझ नहीं आ रहा दादा, क्या करूँ क्या न करूं, मुझे रास्ता दिखाइये प्लीज!'

'घबराओ नहीं कल पंचायत बैठेगी। जो दिल में हो खुल कर बोलना....कचनार भी अपनी बात कहेगी। फिर पंचायत अपना फैसला देगी। मैं भी रहूँगा। गाँव के और कई समझदार लोग होंगे, स्कूल के प्रिंसिपल साहब भी होंगे। सब बुद्धिजीवी हैं, कुछ भी गलत नहीं हो सकता।'

अगले दिन गाँव से थोड़ा हटकर चार इमली के पेड़ों की छाया में पंचायत बैठी। यह आपात पंचायत कचनार के पिता की शिकायत पर बैठी थी। जिसमे मैं उसकी बेटी को बरगलाने और प्रेम-जाल में फंसाने का आरोपी था। इसके पहले भी कई बार पंचायत बैठ चुकी है, इस गांव की ये अच्छी परंपरा और सोच रही है, कि गाँव के छोटे-मोटे फसादों को पंचायत के माध्यम से निपटाया जाता था। लोगों को अनावश्यक कोर्ट कचहरी के चक्कर से बचाव हो जाता था। पंचायत की कार्यवाई देखने हर उम्र के लोग आ जुटे थे। ग्राम प्रधान राजुल सिंह, हाई स्कूल के प्रिंसिपल भटनागर साहब, मेरे बॉस वर्मा जी, पूर्व सांसद जुगराज देव और ग्राम पुरोहित पंडित दीनानाथ को सुनने और निर्णय देने को पंचायत की तरफ से अधिकृत किया गया था।

पंचायत ने पहला सवाल मुझसे किया....'प्रकाश जी आप पर कचनार के पिता ने आरोप लगाया है कि आप उसकी बेटी को बहला-फुसलाकर प्रेम जाल में फंसा लिए हैं, आपकी नीयत साफ नहीं है। इस सम्बन्ध में अपना पक्ष रखें।' मैंने ज्यों का त्यों वो सब यहाँ भी बता दिया जो पूर्व में वर्मा जी से बता चुका था। मेरी बात नोट कर ली गई। फिर पंचायत ने कचनार को बोलने के लिए कहा गया। कचनार बोलने को खड़ी हुई। सब लोग देखकर दंग हो गए। सबने सोचा था कि ये आदिवासी लड़की इतने लोगों के सामने नहीं बोल पायेगी, लेकिन आज वह बड़ा संकल्प लेकर आई थी। उसका चेहरा आत्मविश्वास से भरा हुआ था। मुझे आज वह बहुत सुंदर लग रही थी। कचनार ने सर्वप्रथम सभी को हाथ जोड़कर प्रणाम किया फिर धीमी आवाज में बोलना शुरू

किया....

'बड़ा मुश्किल लागत है, आप बड़ेन केर बीच मा बोलय मा.. पै का करी, न बोलय से एक निर्दोष का दोषी माना जई। बाबू सा जौं कुछ बोले निकबर सही आय। हम उनखे हिम्मत पे दाद देबय की बिना कुच्छ छिपाये सच बताइन। अब हमार बात... हम बाबू साहब का बहुत चाहित थे, परेम करित थे। सच्चे दिल से, काली माई के किरिया उठाय के कहित थे, हम दोनों जने एक दुसरे से परेम करित हैं।'

'तो तुम दोनों शादी कर लो, दोनों बालिग हो, अपना निर्णय लो और पंचायत को बताओ।' पंडित दीनानाथ ने कचनार को बीच में रोककर कहा।

'पंडित जी हम विआह उहै दिन कई चुके, जब हम एक दूसरे का छुअन। पै हमार बियाह मीरा औ कन्हइया, राधा अउर मोहन के बीच जइसन भा, उहै तरह है। बाबू सा. बहुत बड़े दिल के आदमी हैं, इआ बियाह का कृष्ण भगमान के नै मन्जूर करि हैं। आप पंचन के आगे हम सब कहि दिहिन, अब जौन हुकम होई हम मनबे का तैय्यार हैं।'

'दस मिनट की मन्त्रणा के बात पंचायत ने अपना निर्णय दिया–'प्रकाश जी और कचनार के बीच का प्यार पवित्र है। इनके मन में कोई खोट नहीं दिखती। प्यार करना मानव स्वभाव है। प्यार करना कोई जुर्म नहीं है, बल्कि ईश्वरीय हुक्म है, उसी की अन्तः प्रेरणा से जोड़े बनते-बिगड़ते हैं। ईश्वरीय मंशा के ख़िलाफ़ जाने का हक किसी को नहीं है। दोनों ने जिस निडरता से पंचायत को सच बताया है, काबिले-तारीफ है और इस बात का संकेत देता है दोनों के बीच सच्चा प्यार है। लिहाज़ा पंचों के मन्तव्य जानने के बाद पंचायत प्रकाश जी को दोषमुक्त करते हुए प्रकाश जी और कचनार को सलाह देती है कि वे दोनों स्वयं-विवेक से आगे का निर्णय लें। आज से इनके-मिलने-जुलने और बातचीत करने को लेकर किसी तरह का प्रश्न नहीं उठाया जाना चाहिए। कचनार के पिता द्वारा लगाया गया आरोप झूठा साबित होता है, इसलिये वह पंचायत से माफ़ी मांगे। पंचायत बर्खास्त की जाती है।'

इन सबके बावजूद भी मेरे भीतर की छटपटाहट कम नहीं हुई, पंचायत भले ही निर्दोष करार दी हो लेकिन मै स्वयं को दोष मुक्त नहीं कर सकता था। कचनार को पत्नी का अधिकार देने की इच्छा रखते हुए भी मुझमें इतनी हिम्मत नहीं थी कि ऐसा कर सकूँ। कचनार बहुत समझदार थी। एक दिन वह मेरे पास आयी और एकांत में कुछ कहने की इच्छा जाहिर की। वह मुझे काली माई के मंदिर में ले आयी।

'बाबू सा... तुम्हार दुविधा हम समझत है, माई समझत है। आज हम तुहहीं माई के सामने वचन देइत हैं, कि ई 'कचनार' कौनो अइसा काम न करी के हमरे पियार के रुसवाई होय। तुमहीं चार बड़े लोगन के आगे सर झुकामय के मौका कबहुँ न देबै।' वह बहुत कुछ कहती रही, मैं सुनता रहा, कुछ बोलने की इच्छा रखते हुए भी मैं बोल नहीं सका।

यह हमारी अंतिम मुलाकात रही। मेरा ट्रांसफर कर दिया गया था। दो दिन बाद मुझे रिलीव्ह भी कर दिया गया। सुबह की बस से मुझे जाना था पूरा गांव आया था, मुझे विदा करने के लिए। सबकी आँखों में आंसू थे। ऐसी मुहब्बत मैंने कभी महसूस नहीं की थी। एक कोने में मूर्तिवत खड़ी कचनार शून्य में न जाने क्या ताक रही थी। मुझसे रहा नहीं गया मैं उसके पास जाकर बोला.....

'तुम मुझे विदा नहीं करोगी?'

'कइसे बाबू सा...आप तो मेरे हिरदय में हो। माई चाहेगी तो कभी न कभी हम फिर मिलब, ई जनम न सही तो ऊ जनम जरूर मिलन होई। मोर एक विनती बाबू सा.  वह हाथ जोड़कर बोली थी...'तुम शादी करना। माँ-बाप की खुशी से करना और खुश रहना। खुद को तकलीफ कबो न देना।'

इतना कहकर वह अपने घर की तरफ दौड़ गई थी। उस समय मेरे भीतर में उठी पीड़ा को बता पाना सम्भव नहीं है। बस चल पड़ी थी, मुझे कुछ भी दिख नहीं रहा था न सुनाई दे रहा था। बस में ठसाठस सवारी

भरी थी। उन सबसे बीच मैं अकेला अपनी स्थूल काया को बस की सीट से जकड़े चला जा रहा था, अपनी आत्मा को कचनार को सौंपकर।

समय ने करवट बदला, माँ बाप की इच्छा से शादी हो गई, बच्चे हो गए, कायर तो था नहीं की जिंदगी से पलायन करूँ सो चलता रहा कर्तव्य-पथ पर, कचनार की सूरत आंखों में बसाये हुये, उसकी साथ गुजारे हुये पलों को दिलों में बसाये हुये। लेकिन इन बत्तीस सालों में कचनार मेरे साथ हर समय परछाई की तरह रही।

'बोलते काहे नहीं बाबू सा!' कचनार के इस आवाज ने मुझे वर्तमान में ला दिया। मुझे मालुम नहीं, कब मैं स्टूल से उठकर पलंग पर बैठ गया था। कचनार का सर मेरी गोद में था और शेष शरीर पलंग पर मैली चादर ओढ़कर पसरा हुआ था। उसके सूखे गालों में बह आये आँसुओ को मेरी दोनों हथेलियाँ पोंछने में लगी थीं। ओह, ये सब कब कैसे?? कुछ पता नहीं? पर आज मुझे दुनिया की परवाह नहीं थी। 'अब तुम ठीक हो जाओगी।'

'नहीं बाबू सा. अब अउर नाहीं। माई ने मोरी अंतिम मुराद पूरी कर दई।'

वह हँसने की असफल कोशिश करती हुई बोली थी। मुझे मालूम है, इस थोड़ी सी हँसी के लिये उसने कितनी पीड़ा झेली है।

'ऐसा क्यों सोचती हो, मैं आ गया हूँ, अब कहीं नहीं जाने वाला हूँ, तुम्हें कुछ नहीं होने दूँगा।'

'कइसी बात करत हो बाबू सा. तुम पढ़े-लिक्खे अदमी हो, मैं तुमरे साथ हर पल रही, तुम हमरे साथ हर पल रहे और अगबेउ रहब। अरे! हमार तुम्हार जनम जनम के नाता है। फेर जनम होई, फेर मिलब, इआ क्रम चलतय रही। अब जांय देओ...राम रा..म..बाबू..स।'

पक्षी उड़ गया था, पिंजर खाली पड़ा था। दो स्थिर आँखे मुझे निहार रहीं थी। मानो कह रहीं हो..'बाबू सा. दुःख न करना, हमरी मुलाकात दोबारा से फेर होई।' ★ ★ ★

# नमक हलाल

उफ़! ये हाड़ तोड़ ठण्डी, लगता है अब और जिंदा नहीं रहने देगी। अँगीठी की ठण्ड होती राख को कुरेदता हुआ गोकुल बीड़ी जलाने की कोशिश करता है, लेकिन गर्म राख से बीड़ी गर्म होकर काली तो हो गयी लेकिन पीने के हिसाब से सुलगी नहीं। वह अपने में ही बड़बड़ाता हुआ सथरी में घुसकर लम्बा हो जाता है। भीतर और बाहर धुप्प अँधेरा फैला है। गाँव की बिजली काट दी गई है, आखिर सरकार भी करे तो क्या करे, कहाँ तक मुफ्त की बिजली दे। जब तक बिजली रहती है, तब तक बल्ब जलते ही रहते हैं, चाहे दिन हो या रात हो। इन्हें बुझाना आता ही नहीं। ये गाँव वाले भी कम अन्यायी नहीं हैं, इन्हें सब कुछ मुफ्त का चाहिए....पानी, बिजली, अनाज सब। इनकी गाँठ से कुछ न जाये। इन्हें कुछ करना भी न पड़े, मुफ्त में सब कुछ मिलता रहे, इनके घर पहुँचता रहे, तब तक सब ठीक है, वरना कुछ ठीक नहीं। पानी पी-पीकर सरकार को कोसेंगे, गरिआएँगे- 'काम चोर, निकम्मे कहीं के।'

आँगन से मद्धिम जल रही चिमनी की मरियल पीली रौशनी छनकर बाहर को आ रही थी। बर्तनों के खनकने की आवाज सुनकर गोकुल आश्वस्त हुआ कि चलो अभी घर की औरतें खाना खा रही हैं। ज्यादा रात नहीं हुई है। बिजली न होने से एक तरह से अच्छा ही हुआ है। साले गाँव भर के लौंडे-लपाड़ी देर तक टीवी में आँख गड़ाये हा-हा-हू-हू करते रहते थे। सुकून से दो पल बैठना-उठना भी मुश्किल किये रहे। अब किसी का अता-पता नहीं। कम से कम घर-गाँव में शांति तो है।

गोकुल दीवाल के सहारे खिड़की तक जाता है, जहाँ से आँगन साफ दिख रहा था। दोनों बहुएँ आँगन में चूल्हे पर लकड़ी जलाये रोटी खाती हुई साफ दिख रहीं थी, वह उन्हें आवाज देकर बोला..

'अरे छोटी, बीड़ी नहीं जल रही है। छोटू से एक चिंगार भिजवा दे।'

'छोटू सो गया लगता है। खाना खा लें फिर हमीं लेकर आते हैं।' छोटी बहू आँगन से बोली।

गोकुल पुनः दीवाल के सहारे बिस्तर में आ गया। वह पुनः बड़बड़ाने लगता है...'ये औरतें भी गजब करती हैं, कहती हैं पहले खाना खाने दो, फिर बीड़ी लेसना ..हुँह.. क्या जानें ये, तलब क्या चीज होती है? बीड़ी तो पीती नहीं बेचारी.. कैसे जानें?'

वैसे देखा जाये तो छोटी करे भी तो कितना करे, जब से भोर का उजाला होता है, तब से खटती रहती है। घर का खाना-पीना, साफ-सफाई, गोबर कंडा, सब यही तो करती है। बड़ी बहू तो अभी चार दिन के लिए घर आई है। उसे कहाँ गाँव में रहने की फुर्सत? बच्चे शहर के स्कूल में पढ़ते है। मैं भी अब किसी काम लायक रहा नहीं, कि कुछ मदद हो सके। शरीर जर्जर हो चला है,

वैसे घर में खाने पीने की कोई तकलीफ नहीं है। मेरी पेंशन से तीन लोगों का गुजारा अच्छे से हो जाता है, लेकिन जब से सुखेन्द की मौत हुई है, बिलकुल भीतर से टूट गया हूँ, घर में बैठी जवान बहू की पीड़ा मुझसे नहीं देखी जाती।

मेरा जवान लड़का सुखेन्द दुर्घटना से नहीं मरा है, बल्कि सोची-समझी चाल से मारा गया है। नहर में गिरने से वह कैसे मर सकता है? उसे तैरना आता था और फिर कोई चप्पल और साइकिल छोड़कर उफनती नहर में क्यों कूदेगा? पर वाह रे! पुलिस, खा-पीकर हत्या को आत्महत्या बना दिया। मुझे एक-एक का नाम ठिकाना मालुम है। जी होता है, रात में सोये-परे उनके घरों में जाकर आग लगा दूँ। सब भीतर ही भुन जाएं साले। लेकिन नहीं, अपनी बहू और पोते का मुँह देखकर रह जाता हूँ, अगर मुझे कुछ हो गया तो ये बेचारे किसके सहारे रहेंगे। नहीं..नहीं ऐसा कुछ नहीं करूँगा, जिससे इन लोगों को कष्ट हो। उन हत्यारों को अब भगवान सजा देगा। जो जैसा करता है, उसे वैसा जरूर भुगतना पड़ता है। मैं भी तो पूर्व जन्म में किये पाप की सजा भुगत रहा हूँ। तभी ओसारी में सरसराहट की आवाज आती

है, उस आवाज को पहचानकर गोकुल बोला...

'आ गए झब्बू लाल! भई बहुत देर कर दी।'

'कूँ कूँ कूँ कूँ'......जैसे कह रहा हो, हाँ! मालिक आ गया।'

'भई ठण्ड ज्यादा है, अपना बिस्तर टटोल कर बैठ ले, अभी छोटी मालकिन आयेगी, तुम्हें रोटी मिलेगी और मेरी बीड़ी जलेगी। तुम आराम से रोटी खाना और मैं बीड़ी पियूँगा।' हा हा हा हा......मज़ा आयेगा।

देख भाई झब्बू, तू बोलता नहीं है, लेकिन तेरी हरकतों से मैं सब बात समझ लेता हूँ।'

'अच्छा बता, गाँव में आज कोई खास बात हुई?'

(कुत्ते की पंजा पटकने की आवाज)

'न भाई न, इतना गुस्सा उचित नहीं, जो हो रहा है, होने दे। बस चुपचाप देखता चल, सब मरेंगे साले, मेरे कलेजे की आग उनकी चिता की आग के साथ ही ठंडी होगी।'

'कें कें कें कें......।'

'नहीं, नहीं, नहीं, झब्बू! मै तुम्हारी पीड़ा समझता हूँ, भाई! पर बहुत लाचार हूँ, कुछ भी हो, तुम बहुत बुद्धिमान हो, लेकिन दुनिया की नज़र में एक मामूली कुत्ता से ज्यादा कुछ नहीं हो, वो भी गोकुल नाम के असहाय, बूढ़े, लाचार, रिटायर पोस्टमैन का। मालिक की हैसियत से कुत्ते की हैसियत बनती है। कलेक्टर का कुत्ता भी कलेक्टर होता है। इसलिए अपनी पोज़ीशन समझ कर दिमाग से काम लो।'

यह गोकुल पोस्ट-मैन, जीवन गुजार दिया दूसरों की चिट्ठी घर-घर पँहुचाते हुये। लेकिन खुद के नाम की चिट्ठी उसे कभी नहीं मिली, जिसे वो बांच कर कलेजे से लगा सके। एक बार उसे मजाक सूझा था- 'क्यूँ न एक लव लेटर खुद अपने नाम पते पर लिख कर लाल डिब्बे के मुँह में डाल आये। जब चिट्ठी मिलेगी तो वह पूरे स्टाफ को पढ़कर सुनायेगा। लेकिन यह

मजाक, निरा मजाक बनकर रह गया, जब एक दिन उसकी पत्नी, उसका मुकद्दर उसे छोड़कर चल बसा था। तबसे वह बहुत गम्भीर रहने लगा था। उस पर छोटे बेटे की रहस्यमयी मौत ने तो उसे निर्जीव बना दिया। अब एक ही उसका साथी है, कुत्ता झब्बू। जिससे गोकुल हँसता बोलता है, मज़ाक भी कर लेता है।

कुत्ता कूँ...कूँ करता हुआ पंजा पटकने लगा था।

'भाई तुम्हारी केटेगरी उस लेबल की नहीं है, जो कुत्ते मोटर में चलते हैं, सुबह शाम मॉर्निंग वॉक करते हैं। जमीन में पड़ा-सड़ा गोबर सूँघकर चोर पकड़ने का दावा उनके मालिकान करते हैं।'

'के हें एं......।' इस बार झब्बू थोड़ी जोर से बोला।

ठीक है, ठीक है, तुम्हें बुरा लगता है, तो चलो माफ़ी मांगे लेता हूँ। परन्तु तुम भी मेरी तरह वक्त का इंतज़ार करो। समय के साथ सब कुछ साफ होता जायेगा। एक न एक दिन पूरा गाँव जान जायेगा-'यही हैं, मेरे बेटे के हत्यारे, यही हैं, सुखेन्द को मार कर उफनती नहर में फेंकने वाले।'

ढिबरी की लाल-पीली रौशनी धीरे-धीरे ओसारी की तरफ आती प्रतीत हुई। शायद बहुएँ झब्बू के लिये रोटी लेकर आ रहीं थी। हाँ वही दोनों थीं। नज़दीक आकर छोटी ने कहा....'बाबा! आप झब्बू से क्या-क्या बोल जाते हैं, ये बेचारा क्या समझे?'

'कूँ कूँ कूँ !!'

'अब देखो न तुम्हारी बात से यह सहमत नहीं है। ये सब समझता है।

ये बेचारा भी नहीं है..शेर है शेर। मौका आने पर इनकी ताकत देख लेना।'

झब्बू अपना दाया पंजा जमीन में पटककर पूँछ को जमीन में झाड़ू की तरह घसीट देता है..जैसे कह रहा हो...

'पंजा मारूँ जमीन में पानी निकाल लूँ।

बड़े-बड़े बहादुरों को मिट्टी में मिला दूँ।'

'लीजिये रोटी स्वीकार कीजिये, झब्बू जी।' बड़ी बहू रोटी की प्लेट झब्बूलाल के सामने रखते हुये बोली।

लेकिन ये क्या?...झब्बू रोटी की ओर देखा तक नहीं।

'देरी के लिए माफी चाहती हूँ।' बड़ी बहु हँसकर बोली।

'नहीं-नहीं! नाराज़गी की बात नहीं है, दरअसल हम दोनों के बीच तय हुआ है कि जब ये रोटी खायेंगे, तब मैं बीड़ी पियूँगा। तुम चिंगर लेकर नहीं आयी हो इसलिये ये रोटी नहीं खा रहे हैं।'

छोटी दौड़कर चूल्हे की आग से बीड़ी जला लाई। गोकुल बीड़ी पीने लगा और वायदे के अनुसार झब्बूलाल भी रोटी खाने लग गए।

'आप भीतर के कमरों में क्यों नहीं सोते बाबा? यहाँ तो दरवाजा भी नहीं लगा है, कोई भी रात में घुसकर नुकसान पहुँचा सकता है, वैसे भी गाँव का माहौल पहले वाला अब नहीं रहा।' बड़ी बहू ने कहा।

'बहू, तुम्हारी सास के निधन के बाद से मैं इसी जगह में सो रहा हूँ, दूसरी जगह नींद नहीं आ सकती, और डरने की कोई बात नहीं है, हम अकेले थोड़ी हैं। हम दो लोग हैं।'

'दो लोग? और कौन?? बड़ी बहू आश्चर्य से बोली।

'अरे ये झब्बू लाल, ये भी तो रात यहीं पर सोते हैं। इनके रहते डर कैसा?' दूसरी बात.. 'मैं इनके बिना नहीं रह सकता और ये मेरे बिना नहीं रह सकते। ठीक कह रहा हूँ न, झब्बूलाल।'

झब्बू ने जमीन पर दो बार पूँछ पटक कर गोकुल की बात का समर्थन कर दिया।

इसी तरह से समय का पहिया अपनी गति से घूम रहा था। दिन, हफ्ते, माह गुजर रहे थे लेकिन गोकुल और झब्बू के लिए वक्त का बदलाव कोई मायने नहीं रखता था। वे दोनों मित्र बगैर नागा किये रात को साथ बैठते,

आपस में बात करते और खा पीकर सो जाते। झब्बू का बिस्तर गोकुल के बिस्तर से थोड़ा हटकर द्वार के पास लगा था। झब्बू पहले गोकुल के नज़दीक ही बैठता, फिर जब नींद आने लगती थी। तब वह अपने बिस्तर में चला जाता था। दोनों पंजे आगे की ओर फैलाकर बीच में थूथन फँसा कर- लेटने की अदा को क्या कहने। बीच-बीच में कान को टेढ़ा कर बाहर की टोह लेने की उनकी आदत बॉर्डर में तैनात प्रहरी से मिलती जुलती होती थी।

एक रात की बात है, झब्बू जल्दी-जल्दी बाहर जाकर भौंक आता फिर भीतर आकर अपने बिस्तर में बैठ जाता। गोकुल को कुछ अटपटा सा लगा। इस तरह तो पहले कभी नहीं करता था। आखिर उससे नहीं रहा गया और उसने पूछ लिया...'क्या बात है? कुछ परेशान हो झब्बू??'

जवाब में वह कूँ कूँ की ध्वनि मुँह से निकाल दिया जैसे आश्वस्त किया हो... चिंता की कोई बात नहीं है, मालिक।' फिर गोकुल की आँख लग गयी, अचानक बाहर बहुत जोर-जोर से झब्बू के भूँकने के साथ साथ किसी के चीखने-चिल्लाने की आवाज आई..

'हाय! मर गए...काट खाया।' फिर जोर से झब्बू के चिल्लाने का शोर हुआ जैसे किसी ने उस पर हमला किया हो।

चिल्लाहट का शोर इतना भयानक और तेज था कि पड़ोस के लोग भी जाग गए। छोटी बहू ढिबरी लेकर बाहर आ गई, पास पड़ोस के लोग भी हाथ में लालटेन टार्च लेकर पहुँच गए। बाहर का दृश्य बहुत ही वीभत्स था, किसी ने झब्बू की गर्दन, पेट और पीठ पर किसी धारदार हथियार से प्रहार किये थे। वह जमीन में पड़ा तड़फ रहा था। गोकुल आगे बढ़कर कुत्ते से लिपटकर रोने लगा, तभी छटपटाते हुये कुत्ते में कहाँ से जान आ गयी की वह अज़ीब सी आवाज निकालता हुआ गोकुल की गोद में शांत हो गया।

झब्बू से सदैव बात करने वाला गोकुल आज उसकी बोली समझ नहीं पाया था। आखिर में झब्बू क्या कहना चाहता था। लेकिन सुबह होते ही बात साफ हो गयी। झब्बू ने रात को रामजीत और दरोगा नाम के दो लोगों

को काटा था। इन्हीं लोगों ने उसे मारा होगा। थाने में रिपोर्ट लिखाने गोकुल गया था, लेकिन सिपाही ने यह कह कर भगा दिया था....

'अबे चल हट, कुत्ता ही तो मरा है, तेरा बाप तो नहीं। यहाँ रोज आदमी मर रहे हैं, कुछ खोज-खबर नहीं होती। और तू चला आया कुत्ते की रपट लिखाने....देख भाई! तुम्हारा कुत्ता दो लोगों को काट खाया है, यदि उनकी तरफ से रिपोर्ट आयी, तो तुम अंदर हो जाओगे। तुम यहाँ से फूट लो। कोई पूछे तो कह देना ..मेरा पालतू कुत्ता नहीं था। नहीं तो, उलटे तुम फँस जाओगे। तुम गरीब आदमी लगते हो, इसलिए सब साफ-साफ बता दिया हूँ।'

गोकुल उस दिन से बहुत उदास रहने लगा। उठना-बैठना, बोलना, बहुत कम कर दिया था। वह अब छोटी से बीड़ी जलाने को नहीं कहता था। कोई जला कर दे दे, तो अच्छा...न भी दे, तो भी अच्छा। एक दिन छोटी बीड़ी जलाकर गोकुल को दे आई थी लेकिन गोकुल बीड़ी को एक किनारे रखकर बोला......'छोटी! अब बीड़ी पीने का मन नहीं होता, मत दिया कर।'

'क्यों बाबा ??'

गोकुल इस बात का जवाब न देते हुये बोला.. 'जानती है, छोटी! झब्बू ने जिन दोनों को काटा है, यही दोनों सुखेन्द के हत्यारे हैं।'

'ये कैसे कह सकते हैं? बाबा!'

'मुझे अब पक्का यकीन हो गया है। झब्बू ने जान-बूझकर इनको काटा है। उस रात लगता है ये दोनों मुझे मारने आये थे। लेकिन झब्बू ने अपनी जान देकर मुझे बचा लिया। उसने नमक का कर्ज उतार दिया बेटा।'

एक दिन गांव में खबर फैली कि रामजीत और दरोगा दोनों पागल हो गए थे, जिन्हें झब्बू ने काटा था। वे कुत्ते की तरह भूंकने और रेंगने लगे हैं। खबर पक्की थी...दोनों को इलाज के लिए जिला अस्पताल ले जाया गया था। लेकिन उन्हें बचाया नहीं जा सका, कुत्ते का जहर उनके रक्त में फैल चुका था। वे बच नहीं पाये, दो-चार दिन भर्ती रहने के बाद रात में दोनों

की मौत हो गई।

गोकुल को जैसे ही दोनों के मरने की खबर मिली, वह बाहर से उठकर आँगन में चला आया और छोटी बहू को सुनाकर बोला... 'सुन लो, छोटी! आज तेरे पति के हत्यारों को सज़ा मिल गई...वो मर गए। झब्बू के जहर से भला कौन डॉक्टर बचा सकता था। आज मैं बहुत खुश हूँ। झब्बू, मेरे भाई...तुम तो बड़े नमकहलाल निकले। मेरी जान बचाने के साथ-साथ बेटे के हत्यारों को भी सज़ा-ए-मौत दे दी। हे भगवान! मेरे झब्बू को जन्नत में जगह देना।' आसमान की ओर ताककर गोकुल बोला।

छोटी कुछ नहीं बोली थी, गोकुल के सामने हमेशा जूड़े से टिका रहने वाला पल्लू आज नीचे सरक आया था। उसे ठीक करने की कोशिश भी उसने नहीं की।

'एक बीड़ी दे न, जलाकर।' गोकुल ने कहा।

छोटी बीड़ी जलाकर गोकुल को दे गयी थी। उधर गाँव में मातम पसरा था। दो-दो जवान लोगों की मौत, कोई साधारण घटना नहीं थी। इधर आँगन में बैठा हुआ गोकुल दीवाल से पीठ टिकाये हुये बीड़ी फूँक रहा था।

★ ★ ★

# फरिश्ता

जब वह ऑटो रिक्शा से अपनी बीमार माँ को लेकर अस्पताल पहुँची उस समय रात के दो बजे थे। ये लोग मोहल्ले में अभी नये-नये आये थे, इसलिये किसी से ज्यादा जान पहचान नहीं थी। भला हो छोटी के ऑटो रिक्शा चालक 'कुंदन' का जो फोन पाते ही दौड़ा चला आया था।

मदद के लिए शुभा ने सभी बंद दरवाज़ों को पीटा था, लेकिन कौन सुनता है, ठंड के दिनों में, वो भी रात को। आजकल आदमी अपना कान पहले सुलाता है, बाद में बिस्तर लगाता है। बेचारे पड़ोसी भी अपनी जगह सही होते हैं, दिन भर के थके मांदे घर आएं हैं, तो क्या करें? कौन चाहता है बाहर निकल कर चौकीदारी करना। वैसे भी अकेली औरत जात लड़कियों को पढ़ाने ही तो आयी है, इससे उनको क्या लेना-देना। जून-जमाना ठीक नहीं है, घर में कोई मर्द होता तो एक बार जाने की सोच भी सकते थे। लेकिन इधर तो....न न रात में दरवाज़ा खोलना उचित नहीं। सुबह बात आयेगी तो कह देंगे-भई! सुना नहीं। अरे ये सब कुछ देखना मकान मालिक का काम होता है। किराये की रकम के साथ और भी चीजें देखनी चाहिए। शायद इन्हीं झंझटों से बचने के लिए वह दूर रहता है।

कौशिल्या देवी को मौजूद ड्यूटी डॉक्टर देखते ही एडमिट कर लिया था और उन्हें कुछ दवाइयां और इंजेक्शन दिया था। छोटी बहुत वाचाल है, किसी से बोलने में उसे रत्ती भर संकोच नहीं होता है, उसने डॉक्टर से पूछ लिया....

'डॉक्टर अंकल, मम्मी को क्या हो गया है?'

'कुछ नहीं, चिंता मत करो। दो तीन दिन में ठीक हो जायेंगी। हाँ, इन्हें सोने देना और ये ड्रिप चढ़ी है, इसकी बूँद देखते रहना। जब खत्म होने लगे तो नर्स से बोलकर निकलवा देना। ओके!' डॉक्टर इतना बोलकर चला गया था।

अभी छोटी है भी कितने दिन की, नौ साल की तो है। इसी जुलाई महीने में हम दोनों बहनों का शहर के स्कूलों में एडमिशन दिलाकर पापा गए थे। पापा कहते थे- 'अब आगे की पढ़ाई लायक गांव में स्कूल नहीं है, आगे की पढ़ाई करने शुभा को तो शहर भेजना ही पड़ेगा। इसलिये सब लोग शहर में किराये का कमरा लेकर रहें। लड़कियाँ वहीं से पढ़ाई-लिखाई करें तो बेहतर होगा। माँ शहर आने से डर रही थी। क्या करे बेचारी, शहर में कभी रही नहीं। गांव-देहात, खेत-पेड़ के अलावा बेचारी कुछ जानती भी नहीं, अभी परसों ही तो टी.वी..में रेलगाड़ी देखकर बोली थी...

'शुभा, रेल में अभी तक नहीं बैठी हूँ....कितनी बड़ी होती है?'

'बहुत बड़ी।' उसने हँसते हुये कहा था।

'पापा जी से इस बार बोलेंगे की हम सब को रेलगाड़ी में बैठकर घुमाने ले चलें।' छोटी बोली थी।

'कहाँ जाएगी?' अम्मा ने पूछा था।

'दूर... बहुत दूर।' छोटी आँख मटकाते हुये बोली थी।

'अरे नहीं, ये सब मत कहना। अभी उमर थोड़ी निकल गई है, फिर कभी रेल में चढ़कर घूम लेंगे। फिर इस टी.वी. नाम के डिब्बे में तो सब कुछ भरा है...शेर, चीता, भालू, बन्दर, से लेकर हवाई जहाज तक। सब इसी में देख लो। उनसे कुछ मत कहना। वैसे भी तीन रोज की गली नापकर थके मांदे घर आते हैं, और भी तो कई जरूरी काम होते हैं।' छोटी को टोकते हुये माँ हंसते हुये बोली थी।

'शुभा बिटिया, तुम छोटी के साथ कम्बल ओढ़कर लेट जाओ। छोटी अलसा रही है। मैं बोतल देख लूँगा। कुंदन की आवाज सुनकर सुभा के विचार तंतु टूट गए।

'नहीं चाचा, आप घर जाओ। सुबह सवेरे बच्चों को स्कूल छोड़ना होगा।' शुभा बोली।

'ऐसे कैसे घर जायें? मेरी फ़िक्र छोड़ो। सब देख लूँगा।' कुंदन बोला।

'आपके पास मोबाइल है चाचा!...पापा को खबर कर दें। मेरा तो घर में ही जल्दी जल्दी में छूट गया।'

'हाँ है तो, नम्बर बोलो, मैं मिलाता हूँ।' पैंट की जेब से मोबाइल निकालता हुआ कुंदन बोला।

'लो बात करो।'

'हलो पापा! शुभा बोल रही हूँ। माँ की तबियत अचानक ज्यादा खराब हो गई है, कुंदन चाचा के ऑटो से अस्पताल लाई हूँ। डॉक्टर भर्ती कर लिये हैं।'

'अरे बेटा! क्या हुआ माँ को? मैं तो भली चंगी छोड़कर आया था? हलो..हलो..शुभा बेटा, जल्दी बता न, क्या हुआ माँ को ??' घबराओ नहीं, मैं अभी निकलने की कोशिश करता हूँ। हलो, तुम बोलती क्यों नहीं बेटा? अच्छा, कुंदन चाचा को फोन दो।'

'जगत भाई, घबराओ नहीं, कुछ नहीं हुआ है। रात में भाभी बाथ रूम जाते समय फिसल गई हैं। कुंदन ने दिलासा दिया।'

'अब कैसी तबियत है??'...जगत ने पुनः पूछा।

'ठीक है, डॉक्टर ने दवा दी है। सो रहीं हैं।'

'क्या कहा डॉक्टर ने?'

'कुछ ख़ास नहीं, डॉक्टर बोला है-दो-तीन दिन में बिलकुल ठीक हो जाएंगी। आप चिंता न करना, आपके आने तक मैं यहीं रहूँगा।'

बात पूरी नहीं हो पाई थी कि ड्यूटी नर्स आकर तेज आवाज़ में बोली-'अरे चुप करो। ये अस्पताल है, तुम्हारा घर नहीं है। इधर फोन करना अलाउ नहीं है और मरीज भी हैं। नींद डिस्टर्ब होती है। फोन ऑफ़ करो, नहीं तो अभी निकाल बाहर करूंगी।' नर्स कुंदन को डाँटती हुई अपने कक्ष की ओर लौट गई।

जगत और कुंदन आठवीं तक गांव की स्कूल में साथ साथ पढ़े हैं। इस लिहाज से दोनों एक दूसरे पर बहुत भरोसा करते है। तभी वह डॉक्टर आता दिखाई दिया, जिसने कौशिल्या को एडमिट किया था। आते ही उसने हाथ में लगी ड्रिप को अलग कर दिया। बोतल में थोड़ी सी दवा और बची थी। डॉक्टर कुंदन की ओर देखकर पूछा...

'कहाँ से आये हो, आप लोग??'

'साब, हम लोग गाँव के हैं। मैं ऑटो रिक्शा चलाता हूँ और ये किराये के घर लेकर इधर शहर में रहती है।' कौशिल्या देवी की ओर इशारा करते हुए कुंदन ने बताया।

'साथ में और कोई है?' डॉक्टर ने पुनः पूछा।

'नहीं साब, बस मैं हूँ और ये दोनों लड़कियाँ।'

'इनके फादर कहाँ हैं?'

'पापा आर्मी में हैं, श्रीनगर पोस्टिंग है।' इस बार शुभा ने जवाब दिया।

'उनको बता दिया।'

'जी' !!

डॉक्टर ने एक नज़र शुभा के उदास और मुरझाये हुये चेहरे की तरफ डाली, फिर तुरन्त ही कौशिल्या देवी को देखने लगा। शायद सहृदय डॉक्टर की आँखो में शुभा के गोरे मुखड़े में ढरक कर सूख गए आँसुओं को देखने की हिम्मत नहीं थी। वह नर्स की केबिन तरफ चला गया।

'सर, आप सोये नहीं।' नर्स कुर्सी से हड़बड़ाकर उठी और बोली।

'नींद नहीं आ रही।'

'नींद नहीं आ रही या दिमाग में कुछ और चल रहा है। कहीं वो लड़की तो नहीं?' मुस्कान में तंज घोलती हुई नर्स बोली।

'सिस्टर, प्लीज़.. प्लीज़....आपको शायद पता नहीं, उस महिला की

हालत क्रिटिकल है। जल्द से जल्द प्रॉपर चेकअप और इलाज की जरूरत है। ये बात किससे कहूँ? उन लोगों के साथ कोई सयाना नहीं है, जिसे सब बता सकें। ऑटो चालक से कहने में कोई फायदा नहीं है। और उस लड़की से बोलने की मेरी हिम्मत नहीं पड़ रही है।' डॉक्टर बोला।

'सॉरी सर, मैं मजाक में बोल गई थी। उसे हुआ क्या है?'

'वो घर में फिसलकर गिर पड़ी है। सर में अंदरुनी चोट लगने से बेहोश है। तत्काल जाँच से उसकी पोजीशन पता चलनी चाहिए, तभी सही इलाज हो पायेगा। ज्यादा देरी से जान को खतरा हो सकता है।'

'मैडम से बताना चाहिए।' नर्स ने सुझाव दिया।

'हाँ, मैं भी यही सोच रहा हूँ।'

ड्यूटी में तैनात जूनियर डॉक्टर ने सारी जानकारी वार्ड इंचार्ज डॉक्टर मधुलिका को फोन पर बता दी। सुनते ही महिला डॉक्टर कोई मशवरा देने की बजाय नाराज होते हुए बोलीं......

'आप भी डॉक्टर बहुत इमोशनल होते हो। उन्हें सही-सही बता दो। वे कहीं और ले जायें।'

'लेकिन मैडम हम एडमिशन दे चुके हैं।' डॉक्टर बोला।

'मुझसे बिना पूछे एडमिट कर लिया है तो आप खुद डिसीजन लो। क्या करना है? क्या नहीं करना है। मुझसे मतलब नहीं।'

'मैडम प्लीज!'

'ओक्के! आई.सी.यू. में शिफ्ट कर देख लो। ज्यादा सीरियस लगे तो रेफर कर देना। मॉर्निंग में आकर देख लूँगी। ओके।'

'सर, मेरी राय है कि पेशेंट को फौरन आय.सी.यू में लेकर आप स्वयं देखें। कल दस बजे तक मैडम आने वाली नहीं हैं।' नर्स ने सुझाव दिया।

'सिस्टर हिम्मत नहीं हो रही। इतना बड़ा केस अकेले कैसे हैंडिल कर

पाऊँगा, समझ में नहीं आ रहा है।'

'आप अकेले नहीं हैं, डॉक्टर, माँ-बाप का आशीर्वाद साथ है। और की छोड़िए जिसने हम सबको बनाया है, वह भी आपके साथ है। हौसला कीजिये, कुछ गलत नहीं हो सकता।'

तुम बहुत अच्छी हो। तुमने मुझे रास्ता दिखाया है। बहुत-बहुत शुक्रिया, मैं इस पेशेंट को मरने नहीं दूँगा। ये मेरा तुमसे वादा है। डॉक्टर आत्मविश्वास से बोला।

डॉक्टर, कौशिल्या देवी के बेड के नज़दीक आकर देखा की छोटी बेटी कम्बल में लिपटी सो रही है, बड़ी बेटी माँ के सिरहाने बैठी हुई माँ को अपलक निहार रही है। डॉक्टर को देखते ही शुभा बेड से उतर कर खड़ी हो गई।

'इन्हें दूसरी जगह शिफ्ट करना है।' डॉक्टर बोला।

'का बात है साब?' कुंदन ने पूछा।

'कुछ खास नहीं, ज्यादा साफ-सुथरा कमरा है। जाँच की वहाँ सभी मशीनें हैं, दवा-इलाज़ में सहूलियत रहेगी।' डॉक्टर बोला।

'आप कुछ छिपा रहे हैं, सर!...साफ बताइये न, गाल में ठहरे आँसुओ के दाग रुमाल से साफ करती हुई शुभा बोली।

'देखो बताना नहीं चाहता था। मैं किसी भी हालत में तुम लोगों को और परेशान नहीं देखना चाहता था। लेकिन पूछ रही तो सुनो–' फर्श में गिरने से तुम्हारी माँ के सर में अंदरूनी चोट लगी है, हो सकता है खून का रिसाव हुआ हो। यही सब देखने के लिए आई.सी.यू में शिफ्ट कर रहा हूँ।'

'अर्थात हालत गम्भीर है, माँ सो नहीं रही है, बल्कि बेहोश है।' शुभा ने कहा।

डॉक्टर को चुप खड़े देख शुभा फिर बोली....'सर, चुप क्यों हैं? खुलकर बताइए प्लीज, मुझे कोई डर नहीं लगेगा। मैं फौजी की बेटी हूँ। हर

बात सुनने का हौसला मेरे में है।' शुभा रुआंसी होकर बोली।

'तुम सही बोल रही हो, परन्तु मेरा आप सबसे वायदा है, ये बिल्कुल ठीक होकर घर जाएंगी।'

कौशिल्या देवी को गहन चिकित्सा यूनिट में ले जाया जा चुका था। कुंदन और शुभा को बाहर बरामदे में रोक दिया गया था। लगभग एक घण्टे बाद डॉक्टर बाहर आया और कुन्दन के हाथ में पर्चा थमाकर बोला..... 'नीचे जाकर ये इंजेक्शन तुरन्त लेकर आओ।'

कुन्दन जाने को तैयार हुआ ही था कि डॉक्टर ने पूछा....'इंजेक्शन महँगा आयेगा, पैसे कितने हैं पास में?'

'चिल्लर सहित मिलाकर चार सौ होंगे।' कुंदन पैंट की जेब में हाथ डालते हुए बोला।

'मेरे पास भी हैं कुल तीन हजार के लगभग, ये भी रख लो चाचा, दवा के पैसे चुकाने होंगे।' पर्स से रुपये निकालती हुई शुभा बोली।

'परेशान मत हो! हम दुकानदार से बोले देते हैं..दवाएं बराबर देता रहे, जब तुम्हारे पापा आ जायेंगे तब पैसे चुका देंगे।' डॉक्टर ने कहा।

इंजेक्शन दवा ला दिए गए थे। उधर इलाज़ चल रहा था.. इधर प्रार्थनाऐं चलती रहीं। मालुम नहीं चला कि कब भगवान भास्कर धरती में अवतरित होकर सूर्या बिखेरने लगे थे। छोटी अभी भी बेखबर सो रही थी। वह डॉक्टर भी न जाने कब आकर पास में खड़ा हो गया था।

शुभा डॉक्टर की आवाज़ पहचान कर नेत्र खोल देती है। वह कह रहा था....'भगवान का धन्यवाद करो, कौशिल्या देवी खतरे से बाहर हैं लेकिन अभी ठीक से होश नहीं आया है। आंखे खोलती बंद करती हैं। बॉडी में भी मूवमेंट आ गया है। यह पॉज़िटिव रिस्पॉन्स है। तुम लोग उस ग्लास से उन्हें देख सकते हो।'

कुन्दन और शुभा दोनों डॉक्टर के साथ उन्हें देखने चले गए थे। इसी

बीच में किसी ने शुभा का बैग पार कर दिया। जिसमें पहनने के कपड़े भरे थे। शुभा अपना पर्स बैग के ऊपर छोड़कर माँ को देखने गई थी..वह भी नहीं था।

वापस लौटने पर बैग और उसके ऊपर रखे पर्स को न पाकर शुभा परेशान हो उठी। वह कुंदन से पूछी–चाचा! ‘इधर बैग रखा था?

‘हाँ, था तो।’

‘लगता है, चोरी हो गया, मेरा पर्स भी नहीं है। बैग के ऊपर रखा था।’

‘हम दोनों को एक साथ ऐसे नहीं जाना चाहिए था।’

‘हाँ, गलती हो गयी।

दोनों बैग की तलाश में इधर उधर भटककर लौट आये, वहाँ बैठे हुये लोगों से भी पूछ लिया पर कुछ पता नहीं चल पाया। अन्तः थक-हारकर शुभा पुनः सोयी हुई छोटी के पास आकर उदास मन से बैठ गयी। तभी डॉक्टर ने आकर पूछा– क्या बात है? कुछ परेशान लग रही हो।’

‘जी, कोई मेरा बैग और पर्स ले गया। जब हम माँ को देखने ग्लास तक गए थे ।’

‘ओह! इधर तो ये सब आये दिन हो रहा है।’

‘मुझे नहीं पता था सर की अस्पताल में भी चोरी होती है। पहली बार तो अस्पताल देखी हूँ।’ दुखी मन से शुभा बोली।

‘यहाँ क्या कुछ नहीं होता है? खैर, जो हुआ सो हुआ। अब वह मिलने वाला नहीं है। पुलिस चौकी में रिपोर्ट डाल देना।’ पैसे की फ़िक्र मत करो सब मैनेज हो जायेगा।’

आज से कौशिल्या देवी को अस्पताल आये हुये पाँच दिन पूरे हो गए थे। शुभा के पापा भी आ गए थे। गाँव से भी कोई न कोई आ-जा रहा था। औपचारिकता निभाने रिश्तेदार भी आने लगे थे, जिसको जैसे ही पता लग

रहा था। आज सुबह की तो बात है, मैडम राउंड में आयी थी। वह नाराज होकर कह रहीं थी-

'डॉक्टर अभय, जब इस मरीज़ की हालत ठीक है, तो जनरल वार्ड में रखो।'

'मैडम, बीच-बीच में इनकी मेमोरी चली जाती है। तो उस समय चेक करना होता है।' डा. अभय ने कहा।

'तो इसको अभी प्राइवेट वार्ड में शिफ्ट करो। अटेंडट से बोलो चार्ज पे करें.. नहीं तो छुट्टी करो।'

जी, मैम...डा. अभय इतना ही बोल पाये थे।

माँ को प्राइवेट वार्ड में रखा गया था। लेकिन वह भी जनरल वार्ड से कुछ अलग नहीं था। अस्पताल में पन्द्रह दिन हो गए थे। महँगी दवाइयाँ और कमरे का बिल भरते-भरते पापा के पास की जमा पूंजी खत्म हो गई थी। कुन्दन चाचा भी कुछ रकम की व्यवस्था किये थे। वो भी चुक गए थे। सन्तोष केवल इस बात का रहा की माँ की जिंदगी डा. अभय के कारण बच गई। सुबह नौ बजे के लगभग प्रतिदिन माँ को देखने डॉक्टर अभय आया करते थे। वे आज भी मौजूद थे, वे पापा से कह रहे थे-

'आज मैं बहुत खुश हूँ। ईश्वर की मेहरबानी से माँ जी पूर्ण स्वस्थ्य होकर घर जाएंगी। ये लीजिये छुट्टी की पर्ची और बेफिक्र होकर घर जाइये। मेरी जब भी जरूरत समझें, फोन कर देंगे...मैं हाज़िर हो जाऊँगा।'

हम लोग उनका धन्यवाद तक नहीं कर सके। वाणी ने आज साथ नहीं दिया था। महज ओंठ काँपकर रह गए थे। पापा तो रो पड़े थे ...दोनों हाथ जोड़े हुये। आज हम लोग फिर कुन्दन चाचा के ऑटो रिक्शा में बैठकर माँ को लेकर घर लौट रहे थे। रास्ते भर में डा. अभय की चर्चा चलती रही। माँ कह रही थी-'फरिश्ते ऐसे ही होते है। जो डॉक्टर अभय के रूप में यदा-कदा मिल जाते हैं।'

# अनचीन्हा गीत

वैसे तो बसन्त पंचमी के पहले से ही सब साज-बाज़, ढोलक, मंजीरा, नगड़िया, तुरही- झेला, ठीक-ठाक करके रख लिए जाते थे, लेकिन होली के दिन सबको दोबारा से ठोंक-पीट कर चेक किया जाता था। नये साल के नयी सुबह की अगुआनी के लिये। आधी रात से काल खण्ड अपने अनगिनत चक्कर में एक और चक्कर का इजाफा कर लेता है, ऐसा होते उस समय दिखता तो नहीं है, लेकिन हड्डियों में पुती समय की परत को यदि पैने नाखूनों से खरोंचकर देखा जाए तो बात सही लगती है।

ढोलक में जम आयी धूल की परत को हाथ से हटाता हुआ मंधारी एक बार पुनः अतीत के ख्यालों में गुम हो गया। थाप की तरफ चढ़ी चमड़े की परत उसके शरीर में चढ़ी चर्म परत की तरह जर्जर हो चली थी और यह बड़का नगाड़ा, यह तो दमें के मरीज की तरह बोलता कम खाँसता ज्यादा था। अब न इसमे दम बचा न मुझमें। एक जमाना था जब वह पीली मिरजई पहनकर, गले में लाल साफी और कमर में झक्क लंकलाठ का पंचा लपेट कर ढोलक में ताल देता हुआ झूम- झूम कर गाता था,

‘छिटकी जोधइया, हँसय तरई,

चला, संगी नाची जगाय चिरई।’

तब गाँव के सब औरत-मरद उसे ही एकटक निहारते थे और वो रमिया..जब एक हाथ से लँहगा का छोर पकड़ कर उसने गाने के एक-एक बोल पर थिरकती हुई फिरिहरी मारती थी, तब पूरी कायनात गोल-गोल घेरे में कैद हो गई लगती थी। आज फिर से उसका मरा मन जी उठा था, मंधारी ढोलक में जमी धूल की मोटी परत को धोती के छोर से घर से बाहर बैठा साफ कर रहा था। उसे लगता है वह फिर से गा सकता है। अस्सी का हो गया है, तो क्या हुआ? आज वह पुनः नये साल का स्वागत अपनी पुरानी रीति रिवाजों से करेगा।

'नहीं-नहीं मंधारी! अब ऐसा कुछ न करना, पुरानी रिवायत नई पीढ़ी को सौंपकर मेरे पास चले आओ उड़कर...।'

मंधारी, परेशान-सा दायें-बायें देखता हुआ स्वर को चीन्हकर बुदबुदाता है... 'रमिया! अंतिम बार गाना चाहता हूँ.... तू जहाँ भी है, चली आ, फिर से धरती में उतर कर मेरे गीत पर थिरक-जा, बस...अंतिम बार..।'

मंधारी ढोलक में थाप देकर गाया भी होगा, गीत के हर बोल पर रमिया ठुमके मारी होगी, पर आश्चर्य इस गीत और नृत्य को देखने-सुनने-समझने वाला वहाँ कोई मौजूद नहीं था। चेहरों की भीड़ थी, लेकिन वे सब मंधारी की देह को अंतिम यात्रा के लिए तैयार करने में जुटे थे।

# रिश्तों की मजबूत डोर

न जाने क्यूँ ये दरो-दीवार जाने-पहचाने से लगते हैं, जबकि मैं ऋतु के घर पहली बार ही आया हूँ। इसके पहले कभी नहीं आया, यद्यपि जौनपुर मैं इसके पहले भी अपने निजी काम से कई मर्तबा आया गया हूँ। लेकिन होटल में रुका हूँ। पर इस बार पहले से ही निर्देश मिला था कि आप घर में ही रुकेंगे।

ऋतु से मेरा कोई पुराना परिचय नहीं है। सोशल साइट की लत से अचानक परिचय हुआ। एक दिन इनकी पोस्ट अनायास दिख गई। ग़ज़ल नाम दिया था ऋतु ने, अपनी इस छोटी सी रचना को। बेतरतीब कतरनों की तरह बिखरे शब्द भाव की गम्भीरता और कथ्य की उच्चता को छिपा नहीं पाये थे। मैंने उसे बार-बार पढ़ा। फ़िक्र की नई तहज़ीब मुझे बहुत पसंद आई, लेकिन रचना में ऐसा कोई गुण नहीं दिखा कि उसे ग़ज़ल मान ले। वो रचना किसी कोण से ग़ज़ल थी ही नहीं खैर मुझे क्या करना? यह सोचकर नेट ऑफ़ कर दूसरे काम में लग गया। शाम को जब दोबारा नेट खोला तब फिर यही रचना सामने आ गई। सोचा कैसा अद्भुत संयोग है और ताज्जुब की बात कि सौ से भी ज्यादा लोग रचना पढ़कर तारीफ के पुल बांध कर चुके थे। वाह वाह, अद्भुत, नायाब, बेहतरीन, क्या बात है?... आदि आदि। इन पाठकों ने रचना के भाव को महत्व दिया या रचना के नीचे चिपके फोटो को...मैं समझ नहीं पाया। मुझे इन नासमझ लोगों पर बहुत तरस आया। मैंने सीधे कमेंट किया......

'बेटा, इसे कविता माना जा सकता है, लेकिन इसे ग़ज़ल नहीं कह सकते।

हाँ! ग़ज़ल कहने की पूरी क्षमता तुम्हारे भीतर देख रहा हूँ।' ऋतु में बड़ी निडरता से जवाब भी लिख दिया....'क्या आपको ग़ज़ल लिखना आता है? क्या आप मुझे ग़ज़ल लिखना सिखा सकते हैं?'

मैंने कभी भी इस तरह के जवाब की उम्मीद नहीं की थी। मुझे लगा कि यह लड़की चुनौती दे रही है, लेकिन यह सिर्फ मेरी सोच की कमी निकली, वह वास्तव में ग़जल लिखना चाहती थी। निहायत खूबसूरत अंदाज़ के दूर की कौड़ी लाने वाले चंद अशआर उसके पास मौजूद थे, उसे कहने का सलीका और सऊर की कमी मुझे उन अशआरों में दिखी। सारी चीजें, एक दम सीसे की तरह साफ हो गयीं जब अगली सुबह फोन में उससे बात हुई। बात-बात से ही दर्पण में जमी धूल की परत हट गई और सामने आ गई एक ऐसी तस्वीर जो मुझे अपनी लगी। इस तस्वीर की बनावट ने मुझे कतई प्रभावित नहीं किया किन्तु एक ऐसी अपार शक्ति जो बहुधा आम इंसानों के अंदर नहीं देखी जाती, उसमें विद्यमान थी। मैंने साफ-साफ देखा, ऋतु और मेरे बीच कोई रूहानी नाता है। जो समय के उदर से बाहर आना चाहता है। मुझसे कोई जवाब देते नहीं बना। अनायास ही अन्तस से एक शब्द निकला वो था...हाँ।'

मैं बड़े धर्म संकट में था...गजलें लिखना मुझे आता है, लेकिन कैसे लिखते हैं? लिखने का शिल्प क्या है? इसे परिभाषित करना या समझाना मेरे लिए सहज नहीं था। ये बात मैं पूरी ईमानदारी से कह रहा हूँ। कोई यकीन नहीं करेगा के फ़िक्र ओ फन को कागज में उतारने वाला कहे कि मुझे नहीं मालूम ऐसी नफ़ासत कैसे आती है? परन्तु हकीकत तो यही है।

खैर...लिखने पढ़ने का सिलसिला चल निकला। थोड़ी विचलन के बाद रास्ता दिखने लगा परिश्रम से सब कुछ सम्भव है। इसका प्रत्यक्ष मिसाल था ऋतु का लेखन। गति बढ़ती गई बीच-बीच में कुछ शेर मेरे पास इस्लाह के लिये आते रहे। आहिस्ता-आहिस्ता इतनी गजलें हो गई कि किताब बन सकती थी। फिर धीरे-धीरे ये सिलसिला कम होते-होते ठहर गया। मुझे भी खुशी हासिल हुई की चलो किसी के काम तो आया, अब कितना आया, ये तो वही जाने।

तकरीबन सात-आठ माह बाद जब ऋतु का फोन आया तो मुझे पहचानने में परेशानी हुई। ऋतु ने पूरी कैफियत से जब बताया तब बात

समझ में आयी। बेइंतहां खुशी मिली कि ऋतु का ग़जल संग्रह प्रकाशित होकर आ गया है। मुझे ऋतु ने लोकार्पण में बुलाया है, उसकी खुशी इन बातों में साफ-साफ नुमाया हो रही थी।

'सर, अंतर्राष्ट्रीय मंच से किताब का विमोचन होना है..उन्होंने तारीख और समय दिया है। आपका रहना जरूरी है।'

मेरा रहना जरूरी है या नहीं? मेरी क्या उपयोगिता है? ये तो ऋतु जाने लेकिन मैं भी बहुत खुश हुआ। खुशी की वजह शायद वो अंतर्राष्ट्रीय मंच है जो किताब का लोकार्पण करायेगा, हो सकता है यहीं से ऋतु की शोहरत, मेहनत और कामयाबी का रास्ता जाता हो। जिसकी वह यकीनन हकदार है।

मुझे भीड़-भाड़ वाली जगह में जाने से हमेशा परहेज रहा है। मंचीय नाटकीयता से मुझे सदैव नफरत रही है। मंच की प्रस्तुति और स्तुति दोनों से मैंने किनारा कर लिया है। यही वजह है कि मुझे कोई नहीं जानता है। ऋतु के मामले में मेरी खुली सोच है। यदि उसे उचित प्लेट फार्म मिलता है तो इसमें गलत क्या है? शायद यही गली उसे मंजिल तक ले जाये? मुझे क्या? सबकी अलग-अलग जिंदगी है। अपने-अपने तरीके से सबको जीने का हक है, इस लिहाज से हमें उसका हौसला बढ़ाना चाहिये। वहाँ इतना भी बहुत होगा, जहाँ आँसू पोंछने वाला भी किराये का लेना पड़ता है, हौसलाअफजाई की बात करना बेमानी होगी।

अभी पिछले महीने ही किताब के विमोचन कार्यक्रम का आमंत्रण मिला था। मेरी समझ में यह बहुत जरूरी बात है। आज जमाना वह आ गया है कि अपना गीत सुरा-बेसुरा स्वयं को गाना पड़ता है। दूसरा क्यूँ गाये? उसका फिर कौन गाये? अपनी पीठ है...ठोंक लो भाई, हाथ को जरा सा पीछे ही तो करना है। पीठ ठोंकते कोई देखे या न देखे, कैमरे की नज़र में तो आप हैं ही। आजकल जब से इंटरनेट की कृपा से लोगों का आपस में सम्पर्क बढ़ा है, लेखन कार्य कुछ ज्यादा ही बढ़ गया है। हर कोई लेखक, कवि शायर के रूप में अपना चेहरा चमकाने में लगा है। इनके बीच में पिस रहा है असली साहित्यकार। वह बेचारा दमे के मरीज की तरह पर्दे के पीछे खांस रहा है।

असाहित्यकारों की जमात बीमार साहित्यकारों के सर में सवार होकर ठुमरी दादरा गा रही है।

आज अखबार में छपा एक लेख पढ़ा। मोहतरमा लेखिका ने चिंता जताई है कि आज किताबों के पाठक कम बचे हैं, लोगों की प्राथमिकता में किताब पढ़ना नहीं रहा है...बिलकुल सोलह आने सही बात है। इसके दूसरे पहलू पर कुछ नहीं कहा गया है, जबकि पाठक की मनःस्थिति पर भी गौर करना लाज़िमी था।

कोई किताब क्यों पढ़े? क्या आपने अपनी बुक में रोजी-रोटी जुगाड़ने का कोई अचूक नुस्खा दिया है? किसी बीमार की सेहत पर बात उठाई है? क्या किताब में उन शब्दों का समावेश है जो किसी के आँसू पोंछ सकते हैं? या आपने ऐसी तरकीब लिखी है जो विषम परिस्थितियों में तनकर खड़े होने का जज्बा देती है? बहुत सारे और भी सवाल हैं, जिक्र करने लगे तो एक किताब यह भी बन जायेगी। 'शायद नहीं'.....तो फिर कोई क्यूँ आपकी किताब खरीदे और पढ़े? इसलिए जब मानवीय सरोकारों को लेकर साहित्य लिखा जायेगा, निःसन्देह, तब उसका समाज में स्वागत होगा।

'कहते हैं साहित्य समाज का दर्पण है' ....पर इस समय कुछ गड़बड़ी है। इस समय समाज और साहित्य के दरम्यान ठीक-ठीक ताल-मेल नहीं है। दर्पण जो कुछ दिखा रहा है, वह दृश्य निजी हित के चलते लेखकों की कलम से चलकर समाज तक नहीं आ पा रहा है। शायद यह साहित्य की बहुत बड़ी त्रासदी है।

खैर जो भी बात हो, अभी जिक्र का विषय यह नहीं है। कलम कागज और सोच-सनक सबकी जुदा-जुदा रंग की है। खूब लिखिए...सूरज चंदा, बाग़ बगीचों के वर्णन करिये। नारी की नज़र, लब, रुखसार और पैरहन का मनमाफिक तफ़सरा कीजिए लेकिन यह भी जान लें, ये विषय अब बहुत पुराने हो गए हैं, पाठकों की रूचि अब इन विषयों की तरफ नहीं है। यदि आपकी कविता के पास पेट दर्द या भूख का ज्वर उतारने का नुस्खा है तो आइये स्वागत है।

अचानक मोबाइल फोन की घण्टी बज उठी। देखा तो ऋतु का कॉल था 'आप कल आ रहे हैं न?' ऋतु ने पूछा था।

'घर से आज निकलने की सोच रहा हूँ। रात इलाहाबाद में रुककर सुबह चल दूँगा ताकि समय से पहुँच सकूँ।' मैंने उसे बताया।

'स्टेशन पहुँचने के पहले इत्तला कर दीजियेगा।'

'ठीक है।' संक्षिप्त वार्तालाप के साथ फोन कट गया।

उत्तरी भारत में ठंड के दिनों में रेलगाड़ियाँ कोहरे के कारण देरी से चलती हैं। अतः सड़क रूट से बस द्वारा यात्रा करने की सोची। निर्धारित समय में बस की यात्रा शुरू हुई। बस बहुत पुराना फ़िल्मी गाना बजाती हुई सड़क में दौड़ने लगी थी। कुछ समझदार लोग आपस में अपनी-अपनी हाँकने में लग गए थे...नासमझ लोग कान में मोबाइल का तार डालकर गाना सुन रहे थे। मेरे जैसे आदमी के पास पुराने फ़िल्मी गाना सुनने के अलावा कोई रास्ता नहीं था। गाने के बोल और धुन इतनी प्यारी थी कि कई लोग बैठे-बैठे सीट में लुढ़क गए। मुझे भी कब नींद आ गई पता ही नहीं चला।

बाहर शोर शराबा सुनकर मेरी नींद खुल गई...देखा! बस किसी कस्बे में खड़ी थी, यात्री चढ़-उतर रहे थे। एक लड़का मूंगफली बेचने की गरज़ से बस में चढ़ आया। पुराने अखबार में लपेटकर वह पुड़िया पहले से तैयार किये था। दस की एक ..पन्द्रह की दो...की आवाज लगाकर मूंगफली बेचने लगा। लेकिन किसी ने उसकी तरफ ध्यान नहीं दिया। वह मेरे सीट की बाजू में खड़ा होकर क्षीण स्वर में बोला....

'बाबू जी! आप ले लो, अभी तक बोहनी नहीं हुई है।'

वह तकरीबन दस या बारह साल की वय का गोरा, दुबला-पतला लड़का था। सर के बेतरतीव छितराये हुये बाल, उसकी बड़ी-बड़ी काली आँखों को ढँक रहे थे। जिस्म में मैली टी-शर्ट और हाफपेंट। मैं उस पर रहम खाकर बोला... 'दस की दे दो।'

'पन्द्रह की लो न, बाबू जी! सस्ती पड़ेगी।'

मेरे कुछ कहने के पहले ही वह दो पुड़िया मूंगफली थैले से निकाल कर मेरे हाथ में रख चुका था। मैंने उसके हाथ में पचास का नोट पकड़ा दिया। वह नोट को ऊपर-नीचे, उलट-पलट कर देखते हुये बोला-

'छुट्टे दीजिये बाबू जी।'

'छुट्टे नहीं हैं।' जेब टटोलते हुये मैंने कहा।

'रुकिये.... मैं नीचे से लाता हूँ।'

वह तेजी से बस से उतर गया था। कुछ मिनट के बाद बस भी चल पड़ी, लेकिन वो लड़का छुट्टा लेकर नहीं पहुँचा। कंडक्टर से कह कर मैंने बस रुकवाई और उस लड़के को देखने की गरज से नीचे उतर गया। इधर-उधर नज़रें दौड़ाई पर वे भी ख़ाली हाथ सर हिलाती हुई लौट आयीं। बस दोबारा रेंग चली थी। यात्रियों के बीच में भी बात फैल गयी थी। सब मुड़ मुड़कर मुझे ऐसे देखने लगे थे, जैसे मुझसे बड़ा मूर्ख दुनिया में कोई न हो। मेरी सीट के आगे की सीट में बैठी एक मोटी महिला, जिसे गर्दन घुमाने में बहुत तकलीफ हुई होगी, मुझसे बोली-

'कित्ते का नोट दिया था भाई साब?'

'पचास का, पैंतीस उसे लौटाना था।' जानबूझकर अगले संभावित सवाल का भी उत्तर मैंने पहले से दे दिया था। लेकिन बात यहीं रुकने वाली नहीं थी। मेरे बाजू में बैठे सज्जन के मुँह में अकस्मात खुजली हो आयी, वे अपना चश्मा उतारते हुये बोले-

'आप लोग भी किस-किस पे यकीन कर लेते हैं? सब साले चोर उचक्के उठाई गीर हैं.. इन पर भरोसा कैसा? अभी पिछले माह मैं दिल्ली से आ रहा था। कानपुर स्टेशन पर थैला टांगे एक लड़का मेरे पास आकर बोला- 'बाबू जी, लाओ जूते चमका दें।' मेरे बोले बिना ही ब्रश फेरने लगा, फिर बोला...'जूते उतार दीजिये तो बढ़िया पॉलिस फेर दें।'... मैंने उतार दिया।

'फिर क्या हुआ'.....कई स्वर एक साथ उठे।

'अरे होना क्या था, मेरे जूतों में पॉलिस हो गई। पाँच रूपये मुझसे लिया और ऊपर की बर्थ में लेटे एक भाई साब का दस हज़ार का मंहगा जूता भी थैले में भरकर ले गया।'

उनके कहने के अंदाज़ से सब लोगों को हँसी आ गई। सबसे ज्यादा मुझे खुशी हुई कि चलो माहौल चेंज हुआ। बस में फिर वही पुराने गाने बजने लगे थे-

'सब कुछ लुटा के होश में आये तो क्या किया।

दिन में अगर चराग जलाये तो क्या किया।'

पुराने गाने बजाते हुए नये जमाने की बस अपने गंतव्य पथ में पूरी ताकत से दौड़ रही थी आँखों में आलस्य की चादर फिर बिछनी शुरू हो गई थी। मैं पुनः नींद के आगोश में चला गया। ये है पुराने गानों का असर आज के गाने थोड़े ही है कि अस्पताल में बजा दो तो सुबह तक पचास फीसदी मरीज मरे मिलेंगे। इलाहाबाद आ गया था। आगे सिविल लाइन्स चौक था जहाँ उतर कर मुझे 'विशाल होटल' जाना था। जब मैं होटल पहुँचा तो शाम के सात बजे चुके थे। थोड़े इंतज़ार के बाद बारात भी आ गई। विवाह के रस्म-ओ-रिवाज में पूरी रात निकल गई बिल्कुल पता ही नहीं चला। सुबह सबको बताकर यू.पी. रोडवेज की बस से मैं जौनपुर के लिये रवाना हो गया। दोपहर बारह बजे जब बस स्टैण्ड में उतरा तो ऋतु के पति जयंत मेरा इंतज़ार करते मिल गए।

ऋतु का घर बस स्टैण्ड से बा-मुश्किल वाकिंग डिस्टेंस में है। मैं नहीं चाहता था कोई मुझे लेने आये। पता-ठिकाना तो पास था ही, पैदल चला जाता। कुछ तो पैरों को काम मिल जाता, लेकिन वे कहाँ मानने वाले थे? दो मिनट में घर में लाकर बैठा दिया। वह सचमुच घर ही था। ऋतु जयंत और उनके बच्चों का घर। घर के कोने-कोने में इंसानी रिश्तों की मौजूदगी मुझे अचंभित कर रही थी। ऐसा लगता था इस घर की बुनियाद तक मुझसे बात कर रही है, आँगन-देहरी तक मेरी मौजूदगी से खुश नजर आ रहीं थीं। शायद इन्हीं एहसासात को हमारे ऋषि-मुनियों ने घर कहा है। आज

मेरी समझ में आ गया-'ईंट-पत्थर से बनी बड़ी-बड़ी इमारतों को घर नहीं कहते, होटल कहते हैं, हवेली कहते हैं, और बड़ा नाम देना हुआ तो किला कह देते हैं, लेकिन घर नहीं कहते। जहाँ मुहब्बत की खुशबू हो, रिश्ते जीवंत और परस्पर सम्बोधित हो, उसी को हम घर कहते हैं।'

अचानक यथार्थ और मुखर हो गया, जब ऋतु आकर बोली...

'हाथ मुँह धो लीजिए, खाना लगाती हूँ।'

भूख तो लगी थी...खाने का नाम सुनना कानों को बहुत अच्छा लगा। 'भूख में खाना बहुत मीठा लगता है।'

भोजन के दौरान मेरी और ऋतु के बीच में कुछ औपचारिक बातें आज के प्रोग्राम को लेकर हुई। ऋतु ने बताया-

'वे केवल पांच मिनट का समय दे रहे है, इतने कम समय में क्या हो सकता है?'

'देखो, फ़िल्म महोत्सव का इंटरनेशनल मंच है। किसी और मंच में दिन भर खड़े रहने से बेहतर है, ऐसे मंच पर एक मिनट ठहरना। फिर उनका शिडच्यूल्ड है। किताब का लोकार्पण उनके आज के प्रोग्राम में शामिल है। कैसे होना है? कैसे करेंगे? अब ये उनका काम हो गया है।' मैंने समझाया।

'आप थोड़ा रेस्ट कर लें। मैं भी जरूरी काम से आधे घण्टे के लिए बाहर जा रही हूँ, सात बजे तक चलना है।' ऋतु ने बताया। मैंने सहमति में केवल सर हिला दिया, कुछ बोला नहीं।

मुझे विश्राम करने की आदत भी नहीं है और ऋतु के बच्चे भी तो यही चाहते थे। अभी तक उनसे मेरा परिचय नहीं हुआ था। दो लड़कियाँ थी, एक लगभग तीन साल के वय का लड़का। वे मुझे बहुत शांत स्वभाव के लगे थे।          यद्यपि बड़ी लड़की को यदि समझदार मान भी लें तो चलेगा, पर बाकी दोनों... धीरे-धीरे वे मेरे पास आ गए और शुरू कर दिये बालसुलभ चपल बातें-बड़ी बेटी ने जहाँ मेरा नाम पूछा, वहीं छोटी बेटी ने पूछ लिया.... कहाँ से आये हैं? छोटे साहबजादे कहाँ पीछे रहने वाले

थे, पूछ बैठे एक कठिन सवाल-आप यहाँ क्यों आये हैं?

मैंने उन्हें बताया-'आज तुम्हारी माँ की लिखी किताब का फिल्म वालों के मंच से विमोचन होना है, इसलिये हम बहुत दूर से आये हैं।'

लेकिन इतने से मैं बच नहीं सका। 'विमोचन क्या होता है?' छोटी बेटी अनु (जो तकरीबन चार साल की होगी) ने पूछा लिया।

मैं उन बच्चों के सवालों में उलझ चुका था इसलिए बचने का आखिरी उपाय आजमाया-'देखो, अभी सब बता देंगे तो मज़ा नहीं आयेगा। वहीं चलकर देखना'

'सच, हम सब चलेंगे।' तीनों ने एक साथ पूछा।

'हाँ सच में आप सब चलेंगे। आप लोगों के बिना इतना बड़ा काम कैसे हो सकता है।'

बच्चे मेरा पक्का यकीन कर लिए थे। वे बहुत खुश हो गए थे। इस खुशी में किसी ने मेरा कान खींचा, किसी ने नाक से चश्मा उतारा। कोई गोद में बैठ कर डांस किया। मैं भी सारी थकान भूलकर बच्चा बन गया था। मुझे एक कविता याद आ रही थी, जिसका यहाँ उल्लेख करना सामयिक एवं प्रासंगिक होगा....

'कहां खोजता फिर रहा, मन्दिर में भगवान। बैठ यहीं पर देख ले, बच्चों के दरम्यान।'

हम लोग निर्धारित समय से पहले ही कार्यक्रम स्थल में आ गए थे। बस्ती से बाहर लगभग एक चौथाई किलोमीटर के खाली मैदान पर अंतर्राष्टीय फिल्म महोत्सव का कार्यक्रम चल रहा था, लगभग पांच हज़ार लोगों के बैठने की व्यवस्था थी। उत्सव का आज तीसरा दिन था। आयोजकों ने बहुत कठिन परिश्रम किया होगा। बहुत पैसा खर्च किया होगा, तब जाकर यह रिक्त पड़ी धरती आज आलोकित हो रही थी। किसी ने स्वर्ग नहीं देखा होगा। लेकिन किसी ने स्वर्ग की कल्पना की होगी। ठीक उसी तरह का स्वर्ग आज आँखों के सामने देखकर हर किसी का चकित हो जाना स्वाभाविक था।

देश-विदेश से आये हुए कलाकर अपनी कला का प्रदर्शन करते हुये किसी अजूबा से कम नहीं थे। हर किसी को मौका दिया गया था। चाहे वे बुन्देलखण्ड के राई नृत्य या अखाड़ा डांस के कलाकार हों, अहीर-गड़रियों के पारंपरिक नृत्य हों, या बघेली का नुक्कड़ नाटक हो, भोजपुरी टपरा फिल्म हों, सभी फ़नकारों को अपना-अपना फन दिखाने का मुक्त और पूर्ण अवसर दिया गया था।

विदेशी सोच तक में हमारी संस्कृति की छाप है। तभी न सात समंदर पार से उड़कर आया हुआ एक ऑस्ट्रेलियन साधक वायलिन के तार से राग जय जयवंती छेड़कर लगभग पाँच हजार श्रोताओं को कुर्सी छोड़कर ताली बजाने को विवश कर दिया था। बुन्देलखण्ड का प्रसिद्ध अखाड़ा नाच तो बहुत बड़ा सन्देश दे गया–'भले ही तन में एक धोती है, पेट पीठ गरीबी की मार से एक हो गया है, कोई परवाह नहीं, देश के लिए जरूरत पड़ने पर बुंदेली माटी का लाल लाठी उठाकर जंग-ए-मैदान में कूद पड़ेगा। मुल्क की आन में आंच नहीं आने देगा।'

धन्य है ऐसा कला साधक..उसकी कला और फिक्र को मेरा सलाम है। हमारे मुल्क में हर क्षेत्र के फ़नकार कूचे-कूचे में मौजूद मिलेंगे। बस जरूरत है पारखी नज़रों की, सहृदय सोच की। ऐसे में फिल्म-महोत्सव जैसे बड़े आयोजन में इन गुमनाम कलाकारों को मंच देना बड़े दिल की बात कही जायेगी।

आयोजन कर्ताओं की पूरी टीम साधुवाद की पात्र है।

चलिये सर, अगला कार्यक्रम किताब लोकार्पण का है।' जयंत जी मेरे पास आकर बोले। मंच के नीचे दोनों कोनो में लगे प्रोजेक्टर के परदों पर ऋतु की लिखी गजले बजने लगी थी, आज ग़जल गायक 'आलोक रंजन' का स्वर भी गजब ढा रहा था। लगता था, नीलगगन से मधुर संगीत लिए ग़जल की बज़्म धरती में उतरी है। दिल में अद्भुत अनुभूति का सुरूर छाने लगा था।

हम सब ऊँचे मंच में आ गए थे, फ़िल्मी दुनिया के कई नामचीन

अदाकार पहले से ही मंच में मौजूद थे। सभी की उपस्थिति में ग़ज़ल संग्रह 'अंजुमन' का लोकार्पण हुआ। मुख्य आयोजक ने ऋतु को बधाई दी और माइक हाथ में देते हुए सबका धन्यवाद करने को कहा- पर ये क्या....ऋतु के हाथ में माइक आते ही हजारों-हज़ारों हाथ की तालियों ने ऋतु के मुँह से निकले शब्दों को अपनी करतल आवाज के साथ शामिल कर लिया था। रचनाकार के प्रति ऐसा मुहब्बत भरा इस्तक़बाल आज पहली बार देखा था।'

आज एक सपना हकीकत में तब्दील हो गया था…'अंजुमन' किसी एक की न होकर पूरे मुल्क के कद्रदां पाठकों की हो गई थी। सन्तोष और खुशी के भाव ऋतु के चेहरे के साथ-साथ उन तमाम चेहरों में झलक आये थे जो इस शायरा से प्रत्यक्ष या अप्रत्यक्ष रूप से जुड़े रहे हैं।

कार्यक्रम चल रहा था। वहाँ से उठने का मन नहीं हो रहा था। लेकिन क्या किया जाये शरीर की अपनी सीमाएं हैं। साथ में बच्चे, इनकी जरूरतें अलग थीं। इसलिए न चाहते हुये भी वापस आना पड़ा।

घर आकर ऋतु ने सब के लिए कॉफी बनाई। कॉफी का कप मुझे देते हुये ऋतु बोली… सर! 'आपका बोलना जरूरी था'… लेकिन समय नहीं मिला। 'कोई बात नहीं अभी बोले देता हूँ।'

'कुछ ज्यादा नहीं, सिर्फ इतना कहना है कि पहली किताब के लोकार्पण में दो सीढ़ी थी। इस बार के मंच में पांच सीढ़ियाँ थी। अब उम्मीद करता हूँ की अगला पैर छठवीं सीढ़ी पर रखो। बस इतना चाहता हूँ।' मैंने कहा।

'अरे ऋतु! अब वहीं रुको आगे पैर मत बढ़ाना। भई, भूख लगी है।' जयंत मजाकिया लहजे में बोले। उनकी बात और कहने के अंदाज़ पर सभी लोग हँस पड़े।

'आप भी गजब करते हो? पूरी कॉफी नहीं पी और भूख लग आयी।' ऋतु ने कहा।

'मैं अपने लिये थोड़ी बोला हूँ, सर के लिये कहा है।' जयंत ओठों में मुस्कुराहट लाते हुये बोले।

'अभी सब लोग बैठ लो, खाने को रत्ती भर मन नहीं है।' मैंने कहा। चेयर खींचकर ऋतु भी कॉफ़ी पीने लगी।

'पहली कविता संग्रह का विमोचन भी जिस मंच से हुआ था..वो भी तो एक अंतर्राष्ट्रीय मंच था?' मैंने पूछा।

'जी, योग और आध्यात्म का मंच था। सुधीर भैया ने पूरा विमोचन का काम अपने ऊपर ले रखा था।' ऋतु ने बताया।

'उन्होंने तो पूरा एक दिन का वक़्त ही इस काम में लगा दिया था। मुझे याद है रात के बारह बज गए थे। क्षेत्रीय कवि सम्मेलन भी तो था। लेकिन आज दिखे नहीं, मेरी नज़रें पूरे में समय डा. सुधीर को ही तलाशती रहीं।

'वे जरूरी काम से दिल्ली गए हैं।' जयंत ने बताया।

'आज उनके साथ उन लोगों की कमी भी बहुत खली जो मंच में नहीं आ पाये थे।' ऋतु मायूस होकर बोली।

'मन छोटा करने की जरूरत नहीं है। उन सबकी दुआएँ तो साथ थी। कुछ चीजें कही नहीं जाती महसूस की जाती है। बड़े गौरव की बात है कि यहाँ साहित्यकारों में भाईचारा, आपसी नेम प्रेम, सद्भाव है। जो बहुत कम देखने को मिलता है, मेरे यहाँ तो बहुत खराब माहौल है, गुटबाज़ी है। जो भी आगे बढ़ने की सोचता है, उसे पीछे वाला लंगड़ी मार के गिराने की कोशिश करता है।' मैंने कहा।

'एक बात बताओ ऋतु, इधर घर में बहुत जिम्मेदारियाँ देख रहा हूँ। सयानी माँ जी हैं, उनकी देखरेख करना। बच्चे तीनों छोटे हैं, इनकी देखभाल, घर- समाज में उठना बैठना, इन सबके बावजूद लेखन बराबर चलता रहता है। ये कैसे हो पाता है?' मैंने पूछा।

'सुबह उठने से लेकर रात सोने के बीच में जो भाव आते हैं, उन्हें अपने काम के साथ-साथ लिख लेती हूँ। सुबह बच्चों के स्कूल जाने और नाश्ते के बाद एक घण्टे का समय मिल जाता है, आपस में मिक्स कर देती हूँ। ग़ज़ल या कविता तैयार। मेरी पहली प्राथमिकता घर परिवार है। उसके

बाद लिखना, और फ़िक्र किस बात की..ये जो साथ में हैं, हर कदम में सहयोग देते हैं।’ ऋतु अपने पति की ओर देखकर बोली।

‘वास्तव में आप लोगों के विचारों में बहुत पाकीज़गी है। मेरी नज़र में, आज से आप लोगों का कद बढ़ गया है। मालिक आप सबको इसी तरह खुशहाल रखे।

‘न न सर, कद बढ़ाने वाला आशीर्वाद अभी पेंडिंग रखिये। दरवाजे छोटे हैं। सर में लग जायेंगे।’ जयंत की इस बात पर कोई भी अपनी हंसी रोक नहीं पाया।

‘इनकी बातों का बुरा मत मानिएगा। ये ऐसे ही हैं।’

‘जैसे भी हैं, बहुत प्रिय हैं। आप सभी मेरे बच्चों की तरह हैं। जो भी मन करे बोलते रहें, अच्छा लगता है।’

इसी बीच खाना आ गया था। सब साथ में खा रहे थे। बातें भी चल रही थी। लेकिन छोटी बेटी अनु नहीं खा रही थी। मैंने पूछा- ‘आप क्यूँ नहीं खा रही हैं?’

‘नहीं खाना मुझे, आप झूठ बोलते हैं।’

‘कब झूठ बोला?’

भूल गए…जब भैया आपका चश्मा छुड़ा लिया था, तब बोले थे- ‘अच्छे बच्चे, चश्मा दे दो। रात में कहानी सुनायेंगे।’

ओह याद आया। मैं अभी सुनाता हूँ, आप खाना शुरू कीजिए। ये लीजिए-एक था राजा….एक थी रानी-

‘राजा-रानी नहीं …ओल्ड कहानी है, नहीं सुननी मुझे। तो ठीक है, सब लोग खा लें, फिर एक सच्ची कहानी सुनाऊँगा… ओके!!

ओके !!

‘मैं खा चुकी। अब कहानी सुनाइये।’ अनु हाथ धोती हुयी बोली।

‘सर को खा लेने दे, अनु! तंग मत कर…ऋतु ने डाँटकर कहा।

'उस क्यों डांट रही हो? मैं सुनाता हूँ, सच्ची कहानी, सब लोग सुने।

'मेरे गाँव से दस किलोमीटर दूर हर पूर्णमासी को काली देवी मंदिर में मेला लगता है। मंदिर के लगा हुआ एक सुंदर तालाब है। जिसमें साफ पानी हमेशा भरा रहता है। रंग बिरंगे पक्षी तालाब में तैरते रहते हैं...रोज सुबह तालाब के बीच में कमल के फूल खिलते हैं।

मेले में दूर-दूर से दुकानदार बिक्री करने आते हैं। घर गृहस्थी की जरूरत का हर सामान मेले में मिलता है। चाट फुल्की की दुकानें, बच्चों के खिलौनों की दुकानें भी लगती हैं।

एक छोटा लड़का अपनी दादी को लेकर मेला देखने गया हुआ था। दादी ने उसे पूरा मेला घुमाया, देवी माता का दर्शन कराया। जलेबी खिलाई। झूला झुलाया। लेकिन दादी कुछ नहीं खाई।

'हा-हा...दादी के दाँत न रहे होंगे। बेचारी दादी।' अनु खुश होकर बोली।

'मुझे भी सुनना है....।'

'लो सम्हालो, ये भी सोकर आ गए।' छोटा बेटा जयंत के गोद में आ कर बैठ गया।

'आगे सुनो।' दादी लड़के को लेकर तालाब के मेड़ में आ गई। जहाँ चाट वाले ने ठेला लगा रखा था। चाट देखकर बच्चे का मन चाट खाने को हुआ। वह बूढ़ी दादी का आँचल पकड़ कर बोला–

'दादी चाट खिला दो न।'

दादी चाट वाले के पास जाकर पूछी–'भइया, बच्चों वाला चाट कितने का बनेगा?'

चाट वाला बोला–'दादी, पन्द्रह का बनता है। इससे कम का नहीं, चाहे बच्चा खाये या बड़ा खाये।'

दादी चाट वाले की बात सुनकर उदास मन से लड़के से बोली– 'देखो

चाट खिला देंगे तो टैक्सी का पूरा भाड़ा नहीं चुका पायेंगे। टैक्सी वाला घर से तीन किलोमीटर पहले उतार देगा आगे पैदल चलना पड़ेगा। बताओ क्या करना है? चाट खाकर तीन किलोमीटर पैदल चलना है या बिना चाट खाये घर तक मजे से टैक्सी से चलना है?'

लड़का बोला–'दादी हमें चाट नहीं खाना, आप घर तक टैक्सी से ले चलो।'

सो दादी लड़के को लेकर टैक्सी से घर आ गई। कहानी खत्म हुई, अब बतायें लड़का क्या सोचकर ऐसा बोला था?

'कोई कुछ नहीं बोलेगा...मैं सोचकर बताती हूँ।' अनु जल्दी से बोली।

लड़के ने सोचा–'दादी जलेबी नहीं खाई...झूला नहीं झूली। अब पैदल चलेगी तो थक जायेगी, बेचारी।'

तीनों बच्चे खुश होकर ताली बजाते हुये बिस्तर की ओर दौड़ गए।

सुबह मुझे वापस आना था। ऋतु ने टिफिन बना कर रख दिया था। रविवार का दिन था सब मुझे स्टेशन छोड़ने को आये थे। सभी उदास दिख रहे थे, कोई ज्यादा बोल नहीं रहा था। स्टेशन में ट्रेन आकर पहले से खड़ी थी। मेरे बैठने के साथ ही ट्रेन धीरे-धीरे पटरी में चल पड़ी। सभी लोग हाथ हिलाकर अपने-अपने परिजनों को विदा कर रहे थे। लेकिन जयंत और ऋतु हाथ नहीं हिला रहे थे। बच्चे भी शांत खड़े-खड़े जाती हुई ट्रेन को अपलक निहार रहे थे।

हाथ हिलाते भी कैसे? हाथों में रिश्तों की मजबूत डोर थी। जिसे मुट्ठी में कस कर पकड़े थे। दूसरा सिरा मेरे हाथ में था जो ट्रेन के साथ-साथ आगे बढ़ता जा रहा था। मैं ज्यादा देर देख नहीं सका, आँखों के ऊपर नम परत छा गई थी।

पीछे बहुत कुछ छूट गया था–बहुत कुछ साथ में जा रहा था।

# अनकहे जज़्बात

सौदामिनी को रह-रह कर आज अक्षत की याद आ रही थी। स्वयं के कहे पर उसे बहुत पछतावा हो रहा था। अब पछताने से क्या फायदा? रोकर जी हल्का करने का मन हो रहा था, पर बच्चों के सामने रो भी नहीं सकती थी। मन मसोसकर कर रह जाने के अतिरिक्त अन्य कोई विकल्प नहीं था।

बिना सोचे-विचारे नाराजगी में बोल गयी थी। वे कुछ गलत तो नहीं कहे थे। शाम को ऑफिस से लौटने पर यही तो पूछे थे-'राजू नहीं दिख रहा?'

भैया, क्रिकेट खेलने गया है।' मुन्नी ने बताया था।

'अँधेरे में यह कौन सा क्रिकेट खेलता होगा?'

'डे-नाइट मैच होता है न, पापा- भैया, वही खेलता होगा।'

मुन्नी की बात से खीझकर वे मुझे सुनाकर बोले थे-'सौदामिनी, तुम न तो बच्चों का ठीक से ध्यान रख पाती हो और न घर का।'

मैं भी जरा सी बात पर गुस्सा होकर उन्हें सुना बैठी थी-'कौन रखता है? मैं नहीं रखती, तो क्या मुहल्ले वाले रखते हैं? आपने कभी सोचा है, नौकरी के अलावा भी घर में कोई काम होता है? बच्चों को नहलाना-धुलाना, झाड़ू, पोंछा, बर्तन-चौका, टिफिन-खाना तैयार करना क्या काम की श्रेणी में नहीं गिने जाते? आप के तो काम के घण्टे तय हैं, पर मेरे-जब से बिस्तर छोड़ती हूँ, तब से ग्यारह बजे रात तक लगी रहती हूँ। अरे! मैं भी हाड़-मांस की बनी हूँ, फौलाद से बनी थोड़ी हूँ? मुझे भी थकान लगती है।

राजू खेलकर नहीं लौटा तो सारा दोष मुझ पर-'तुम बच्चों को सँभाल नहीं पाती, घर का ध्यान नहीं रखती।' महीने में दस हज़ार फेंककर फुर्सत हो जाते हैं, इस मंहगाई में कैसे-कैसे घर का खर्च चलाती हूँ, यह मैं ही जानती हूँ।' बिना पानी के मैं उबलकर एक की दस सुना बैठी थी।

अक्षत ने कोई उत्तर नहीं दिया था, राजू भी खेलकर घर आ गया था, उसे भी कुछ नहीं कहे। बाकी दिन घर आते ही राजू और मुन्नी को चॉकलेट देते थे। फिर ऑफिस वाले कपड़े उतार कर खूँटी से लटकाकर लोवर और टी-शर्ट में सोफे में बैठकर टी.वी. देखते हुए पानी-चाय किया करते थे। यह उनका नित्य का नियम था। आज वे वैसा कुछ नहीं किये-अंदर आकर कमरे के कोने में बैग खिसकाकर कोने में पड़ी कुर्सी में चुप-चाप बैठ गए।

मैं भी जिद में रही-पानी मांगेंगे तभी दूँगी, बैठने दो-सच सुनकर मिर्च लग गयी होगी, बैठे रहें-आखिर कब तक।

परन्तु वे कुछ कहे बिना कमरे से उठकर बाहर चले गए, चुन्नी दौड़कर मेरे पास आकर बताई थी-'माँ, पापा आज बिना चॉकलेट दिए ही रोड तरफ चले गए हैं। आज चॉकलेट लाना भूल गए हैं, लेने गए होंगे, हैं न।'

'चुपकर बड़ी आयी चॉकलेट वाली-चल हट यहाँ से और उन्हीं से जाकर पूछ।'

डांट ख़ाकर मुन्नी उदास मन से चौगान तरफ चली गयी थी। राजू किताब खोलकर बैठ गया था। उन्हें गए हुये आधे घण्टे से अधिक का समय बीत गया था। मैंने किचन से ही राजू से उन्हें देख आने को बोली। वह सड़क तरफ की दुकानों तरफ देख कर लौट आया था। अक्षत वहाँ नहीं मिले थे। राजू मेरी तरफ सवालिया आंखों से देख रहा था-जैसे पूछना चाह रहा हो-'पापा बिना कपड़े चेंज किये हुये कहाँ गए हैं? आपने कहीं भेजा है उन्हें?'

आहिस्ता-आहिस्ता समय रात्रि में रूपायित हो रहा था, मेरी फिक्र बढ़ रही थी। दीवाल घड़ी की तरफ नजर डाली, आठ बजने में कुछ मिनट बचे थे। यानी उन्हें घर से निकले हुए घण्टे भर से अधिक हो चला था। राजू किताबों के पन्ने उलट-पलट रहा था, जाहिर में उसका मन अशांत था। स्वभाव से चंचल चुन्नी राजू के पास बैठी द्वार की तरफ ताक रही थी। मैं खुद कई दफा बाहर निकल कर देख आयी थी। घर से काम पर गया हुआ

हर कोई अपने-अपने घरों को आ चुका था। मुझसे रहा नहीं गया-छिली हुई प्याज़-लहसुन और लौकी को डलिया में वापस रखकर राजू से बोली-’

‘एक बार फिर से दुकानों तरफ देख आओ। धुन्नू पान वाले से पता करना, अक्सर वहीं खड़े होकर सिगरेट फूँकते हैं।’

राजू तुरंत उठकर चला गया था, पीछे-पीछे चुन्नी भी गयी थी। तकरीबन दस मिनट बाद राजू लौट आया। उसने बताया सब दुकानों में जाकर पूछ आया हूँ, धुन्नू के ठेले में भी, आज पापा को किसी ने नहीं देखा है। मेरा कलेजा किसी अज्ञात भय से जोर-जोर धड़कने लगा था। तरह-तरह के बुरे ख्याल मन में आने लगे थे। मुझे अब छटपटाहट महसूस होने लगी। मैं पास-पड़ोस में जाकर सबसे बता आयी।

पड़ोसियों ने समझाया-‘चिंता मत करो आ जायेंगे, कोई काम अचानक याद आ गया होगा। बच्चे थोड़े हैं, जो गुम जाएंगे। ये कस्बा भी तो कोई बड़ा नहीं है।’

समझाने का फ़र्ज़ अदा करते हुये पड़ोसी लोग खा-अघाकर बिस्तर में लुक गए थे। रात्रि के दस बज गए थे, उनका कोई रता-पता नहीं। घर में खाना नहीं बना था, दोपहर की रखी रोटियों में घी-नमक लगाकर राजू-चुन्नी को खिला दी, वे सो गए थे। रात जागते हुये काटी, सुबह मुहल्ले के कुछ बुजुर्गों के साथ कोतवाली जाकर उनके घर से लापता होने की रिपोर्ट दर्ज करा आयी। पुलिस के सिपाही आये और मुझसे कुछ उल्टे-सीधे सवाल पूछ कर लौट गए। बहुत बुरा लगा था, जब हवलदार मूँछे चढ़ाता हुआ बोला था-

‘कोई प्रेम-मोहब्बत का चक्कर तो नहीं, जो उसे लेकर कहीं तफरी करने निकल गए हों।’

‘जी नहीं।’ मैंने संक्षेप में बता दिया।

‘अरे, तुम क्या जानो बाई? मर्द किसी एक खूंटे से बंधकर रहने वाला प्राणी नहीं है, जिधर भी हरा चारा दिखेगा, मुँह मारने जरूर जायेगा। बुरा

न मानना–मैं कुछ नहीं कहता, मेरा तजुर्बा ऐसा बोलता है। बहरहाल मुझे क्या?? उसकी कोई फोटो-सोटो हो तो मुझे दे दो, तलाशने की पूरी कोशिश करी जायेगी, आप भी नाते-रिश्तेदारी में पता करवा लेना।'

उनके ऑफिस में भी इत्तला भिजवा दी थी, परन्तु किसी ने अक्षत के कहीं देखे जाने या मुलाकात होने की खबर मुझे नहीं दी। पुलिस भी इधर-उधर की झूठी तफ़सीस लगाकर फ़ाइल बन्द कर दी। गैर-सूचना एवं छुट्टी के कार्य से लंबे समय तक अनुपस्थित रहने का इल्ज़ाम लगाकर इन्हें विभागीय नौकरी से मुत्ततिल कर दिया गया था।

बारह साल हो गए हैं–मेरी आँखे आज भी क्षितिज को चतुर्दिक तलाशती हैं। लगता है, राजू और चुन्नी के लिए वे चॉकलेट लेकर आते ही होंगे। लेकिन एक भ्रम के सिवाय कुछ नहीं। एक दिन तो हद हो गयी, सर्दी का आगाज़ हो चुका था, बच्चों के कुछ गर्म कपड़े खरीदने के लिए सोमवारी बाजार गयी थी। क्षितिज के लिए भी एक गर्म स्वेटर खरीद लायी। चुन्नी स्वेटर देखते ही पूछ बैठी–

'ये किसके लिए माँ?'

'तेरे पापा के लिए–इस साल बरसात तेज हुई हैं न, तो ठण्ड भी तेज होगी। जानती तो हो, वे अपने लिए तो कुछ खरीद नहीं सकते, इसलिए मैं ले आयी।'

चुन्नी मेरी बात सुनकर बहुत उदास हो गयी थी, वह भागकर राजू के पास जाकर बोली–'भैया! माँ को समझाओ, कहीं वो पागल न हो जाये। वह पापा के लिए स्वेटर खरीद लायी है।'

अब तक मुझे भी यथार्थ का भान हो चुका था, स्वेटर को तह करके आलमारी में रख आयी थी।

इसी दिसम्बर से चुन्नी पन्द्रह में लग जायेगी। राजू इक्कीस का पूरा हो गया है। चुन्नी अब समझदार हो गयी है, इसी साल उसने दसमी जमात पास की है। आगे की पढ़ाई को लेकर जब मैंने पूछ तो उसने साफ मना

कर दिया—

वो कहती है— 'कोई भी डिग्री ले लो, बेमतलब है, नौकरी के चांस किसी के लिए अब नहीं बचे।'

मुझे पता है, बात दूसरी है, जिस वजह से चुन्नी आगे की पढ़ाई नहीं करना चाहती है। उसका भी कोई दोष नहीं—बेचारी कहां तक किस-किसकी बात सुने। अभी इसी साल की बात है—क्लास की एक लड़की, हँसी-हँसी में बोल गयी थी—'तुम्हारे पापा ऑफिस की किसी लड़की को लेकर किसी बड़े शहर में जा बसे होंगे।' चुन्नी बर्दाश्त नहीं कर पायी थी, भरी क्लास में उस लड़की पर हाथ चला दिया था। बात स्कूल से चलकर दोनों घरों तक पहुँची थी। उस लड़की के घरवालों ने धमकी दे रखी थी—'हम देख लेंगे।'

देख लेने का मतलब नामालुम चुन्नी क्या लगाती है? यह वही जाने, मैं तो बस इतना कहूँगी—'वक्त ने समय से पहले मेरे बच्चों के हाथ से बचपन छीनकर बूढ़ा कर दिया है।' राजू भी गम्भीर रहने लगा है, उसके चेहरे पर बाल आ गए हैं, जो शायद कहते होंगे—'ये बाल वैसे ही नहीं उगे हैं, तुम्हारे लिए कर्तव्यों की लम्बी फेहरिस्त हैं, इनकी जड़ों को कभी हिलने मत देना।'

राजू जरूरत में ही बोलता है, चुन्नी दुनियादारी को समझने लगी है। मेरे साथ घर के हर काम में अब वह हाथ बंटाती है।

रात की नींद गायब है, दिन तो काम के बीच किसी तरह से काट लेती हूँ, मगर बैरन रातें—जहरीली नागिन के मानिंद फन फैलाकर काटने दौड़ती हैं। कभी धोखे-विधोखे आँख लग भी गयी तो अजीबोगरीब सपने आकर बोलते रहते हैं। पिछले गुरुवार की ही बात है—'क्या देखती हूँ कि अक्षत मेरे सिरहाने खड़े होकर कह रहे हैं—

'सौदामिनी! यह देखो, कितना सारा धन कमा लाया हूँ—अब न कहना घर के खर्चे नहीं चलते। जी-खोल कर खर्च करो, फिर भी कम नहीं पड़ेंगे। वे पांच-पांच सौ के नोटों की गड्डी मेरी तरफ उछाल कर वापस लौटने को मुड़े ही थे कि मैं बेसाख्ता चिल्लाई थी—'राजू, चुन्नी रोक लो पापा को। पकड़

लो कस कर किसी कीमत में जाने न देना। मुझे रुपये-पैसे की कोई दरकार नहीं है। मुझे सिर्फ अपना प्यार चाहिए, बच्चों को उनके पिता चाहिए।'

मेरी चीख सुनकर दोनों बच्चे जाग उठे थे। राजू दौड़कर किचन से एक गिलास पानी ले आया था। चौदह साल की चुन्नी सर दबाती हुई किसी सयाने की तरह मुझे समझाने लगी थी-माँ आपने कोई भयानक सपना देखा है, भयातुर होने की रत्ती भर जरूरत नहीं है। सपने झूठे होते हैं, फिर हम हैं, न।

किसी तरह से स्वयं को समझाकर दोबारा से बिस्तर में पड़ गयी थी, चुन्नी मुझसे और सटकर पैरों की कैंची बनाकर पड़ गयी थी। राजू मेरे सिरहाने बैठा हुआ मुझसे सोने को कह रहा था। परिस्थितियों ने मेरे बच्चों को बहुत समझदार बना दिया था। मैंने दिखावे के लिए सोने का नाटक किया, यथार्थ में मैं सोयी नहीं थी। जब से अक्षत गए हैं, एक ही कमरे में हम लोग सोते हैं। बहुत डर लगता है-मेरा प्यार छिन गया, कहीं ममता भी न छिन जाए। चोर-डाकुओं का अब किंचित भय नहीं है। सब तो चला गया, अब बचा ही क्या है? अक्षत की तलाश में, कहाँ-कहाँ नहीं भटकी, मेला-ठेला, नाते-रिश्तेदारी। गुनिया, औघड़, ज्योतिषी-पण्डित कोई न बचा होगा, जिसके द्वार पर मैं नहीं गयी। अखबारों के दफ़्तर जाकर कई दफे उनकी गुमशुदगी की सूचना छपवाई-लेकिन सब बेकार। जब विधाता ही रूठा हो, तब कौन मदद करेगा?

उनकी खोज में पानी की तरह पैसा बहाया, बिना पैसे के कोई साथ में खड़े होने को तैयार नहीं हुआ। गहने-ज़ेवर सब बिक गए। एक मंगल सूत्र बचा है, जिसे मैं कभी नहीं उतार सकती। दुनिया चाहे कुछ भी बोले, मैं कहती हूँ-मेरा सुहाग जीवित है।

'सो जाइये, माँ-अपने-आप से क्या बातें कर रही हो?'

चुन्नी की बात से मैं सजग हो गयी, उसे अपनी तरफ खींचकर आँखे बंद कर ली। राजू कालेज की पढ़ाई छोड़कर किसी प्राइवेट दुकान

में मोटर-गाड़ी सुधारने का काम देखने लगा था। मुझे बहुत बुरा लगता है-जब वह देर शाम को हाथों में इंजिन की कालिख लगाकर घर लौटता है। मेरे स्वप्न टूटकर बिखर गए थे। मैंने कब चाहा? मेरा बेटा पढ़ाई छोड़कर मैकेनिक बन जाये, लेकिन क्या करूँ? जो नियति को मंजूर होगा, वही होगा न।

अब वह पूरा मैकेनिक हो गया था। मैं भी घर में सिलाई-कढ़ाई का काम करने लगी थी, इस काम में चुन्नी मेरी मदद करती थी। जीवन की गाड़ी फिर से चल पड़ी थी। कोई कमी नहीं थी-कमी थी, तो मुझे अपने पति की, बच्चों को अपने पिता की।

आज सुबह की बात है, द्वार पर रंगीन आटे से कोडर बना रही थी। यह एक तरह का शुभ चक्र है, जिसे मांगलिक कार्यों में बनाने का चलन है। मेरी पड़ोसन शुक्लाइन, मुझसे बोली-

'सौदामिनी, क्या है, आज? कोडर किसलिए?'

'राजू के पापा का जन्म दिन है।'

'सुनती हूँ, वो तुम्हारे सपने में आते हैं, बात करते हैं?'

मैंने जवाब नहीं दिया, चुप रहना बेहतर लगा। बात से बात निकलती है। सबकी समझ अलग-अलग होती है, जिसकी जितनी समझ होती है, वह उतना ही दूर का सोच पाता है। मेरे चरित्र पर भी लोगों ने जमकर कीचड़ उछाले-

'अरे! ऐसी-वैसी न होती तो पति इसे छोड़कर न चला जाता। कोई अपना घर ऐसे ही नहीं छोड़ देता। अब वह जिंदा थोड़ी होगा? किसी नदी-पोखर में डूब मरा होगा।'

'मरद की जात बहुत स्वाभिमानी होती है। वह अपनी मान-मर्यादा खोकर नहीं जी सकता है।'

'अब तो छुट्टा है न-कोई रोक-टोक नहीं, खूब सजे-सँवरे, घूमे-टहले।'

दिल होता था, कहने वालों के मुँह नोंच लूँ, लेकिन बच्चों का मुँह देखकर सुनती हुई भी बहरी बनी रही। कौन इन्हें समझाए-बिना घर से बाहर निकले काम नहीं चलता है। सजना-सँवरना अब किसके लिए? मैंने तो आइना देखना ही छोड़ दिया है, मैंने कसम ले रखी है-अक्षत का मुँह देखे बिना आइने के सामने नहीं जाऊँगी। वो तो चुन्नी है, जो मुझे बाहरी तौर से सँभाले रखती है। राजू भी बोलता है-'अच्छे से रहा करो माँ।'

शाम होने को थी। भगवान भास्कर प्रतीची की तरफ आहिस्ता-आहिस्ता कदम बढ़ा रहे थे। पखेरू, पंख खोलकर बसेरों की तरफ उड़ चले थे। मुझे आज उनकी बहुत याद आ रही थी। पूरे बारह साल बीत गए हैं, उनको घर छोड़े हुये-इन बारह सालों में ऐसा कोई पल नहीं गुजरा, जब वे भूले हों। भले ही दुनिया की समझ में अक्षत अब जीवित नहीं हैं। परंतु मैं कैसे मान लूँ? उनके जन्म दिन पर आज एक खुशी भी मिली-राजू की पगार दस से बढ़ाकर बीस हजार कर दी गयी है। ये सब उन्हीं का आशीर्वाद है-बीते सालों में उनकी कमी हम सबको बहुत खली है, लेकिन परिवार में कोई आंच नहीं आयी। मुखिया का दायित्व उन्होंने दूर से ही सही, बखूबी निभाया है।

चुन्नी के साथ बैठा हुआ राजू बातें कर रहा था, उसे सूट दिखा रहा था जो उसके वास्ते लाया था, मुझे सामने देखते ही राजू बोल उठा-

'माँ, आज मन्दिर गया था, भगवान भोलेनाथ को प्रसाद चढ़ाया हूँ।'

मिठाई का पैकेट मेरे हाथ में देता हुआ वह पुनः बोला-'आज मैंने भगवान से एक ही बात कही है-'पापा को घर भेज दीजिये प्रभु! बस एक बार-चाहे फिर चले जाएंगे। मैं उनसे क्षमा मांग लूँगा और यह भी बता दूँगा कि अब मैं क्रिकेट नहीं खेलता हूँ।'

राजू मुझसे लिपटकर फूट-फूट कर रो पड़ा था। बारह साल से बंधा संयम का बांध आज फूट गया था। मैं बहुत डर गयी थी, कहीं ये आंसुओं का सैलाब इन तीन परिंदों के बसेरे को बहा न ले जाये। मैंने तब भगवान से मन ही मन बोली थी-हे! परम पिता, अब नहीं बर्दाश्त हो रहा है। हम

तीनों को अब मौत दे दे।

दुनिया की कोई भी माँ अपने सामने अपने जवान बेटे को इस तरह से बिलखता हुआ नहीं देख सकती है। मेरे हृदय में असहनीय पीड़ा हुई। मैंने धरती से भी कहा–'तुम तो सबकी माँ हो, अपने उदर में हमें समा लो। हम लोग अब नहीं जी पाएंगे। अचानक, तभी मेरे अन्तस् की औरत ललकार उठी थी– 'सौदामिनी! जरा भी तो शुभ-शुभ सोच, सँभाल स्वयं को, तू एक नारी है, ऐसी घड़ी में हर नारी आँसुओं को आँखों से निकलने नहीं देती है। समझाओ राजू को, उसे अपने होने का अहसास दो।'

अंतरात्मा की आवाज़ ने मेरे सम्पूर्ण नारीतत्त्व को झकझोर दिया था। मैं राजू को सीने से लगाकर उसके गालों से होकर गली किये हुए अश्रु-धाराओं को आँचल के कोर से रोक दिया। उसके सर में हाथ फेरने लगी, वह हिचकियाँ लेता हुआ धीरे-धीरे सहज हो गया। चुन्नी लोटे में जल लिए हुये हतप्रभ खड़ी थी, वह राजू को लोटा पकड़ाते हुये बोली–'भैया! हाथ-मुँह धो लो, आज पापा का 'बर्थ-डे' है। रोना तो मुझे भी आ रहा है, लेकिन आज के दिन किसी को आँसू बहाने की इजाजत नहीं है। माँ-भैया, आप दोनों चुप हो जाओ–पापा को बहुत बुरा लगेगा।'

चुन्नी की बात मानकर हम सब सामान्य हो गए, खा-पीकर बिस्तर में चले गए। मुझे बिल्कुल नींद नहीं आ रही थी। बाजू में पड़े बच्चों को टटोलकर देखा–दोनों गहरी नींद में थे। मेरे भीतर यादों की आंधी आयी हुई थी, जिसके असर से जानी-अनजानी, स्मृत-विस्मृत आकृतियाँ के तंतु आपस में जुड़-टूट रहे थे। रात का क्या समय होगा? बता पाना मुश्किल है, अंदाज लगाया जाए तो रात्रि का मध्य प्रहर हो सकता है–द्वार पर किसी ने दस्तक दी। मुझे लगा कि धोखा हुआ है, फिर भी मुख्य द्वार तरफ ही कान लगे रहे। थोड़े अंतराल से फिर खटका हुआ, यह पहले से तेज था। खटखटाहट से राजू और चुन्नी भी     जाग उठे थे। चुन्नी धीरे से बोली–

'माँ! सुन रही हो? कोई दरवाजा खटखटा रहा है।'

'मैं देखता हूँ।' उठते हुये राजू बोला।

'नहीं-नहीं दरवाजा मत खोलना।' मैं डर कर उसे रोकी थी। तभी फिर से द्वार की खटखटाहट के साथ आवाज आयी-'सौदामिनी, राजू, चुन्नी दरवाजा खोलो-मैं हूँ।'

विद्युत गति से दौड़कर राजू द्वार खोल चुका था। पीछे-पीछे मैं और चुन्नी भी पहुँच गयी। हम तीनों सामने खड़े दुर्बल, बालों से चेहरे को ढँके-मूंदे, फटे हुए लिबास पहने हुए आदमी को पहचानने की कोशिश कर रहे थे। सड़क में लगे खम्भे के लाल-पीले बल्ब की रोशनी में वह अजीब दिखता था। सर और दाढ़ी के बाल आपस में गुंथकर उस आदमी की पहचान छुपाए थे। तभी वह बोला--मैं अक्षत हूँ-राजू-चुन्नी? सौदामिनी, तुम तो पहचानो मुझे।'

मैं उन्हें आवाज़ से पहचान गयी थी। राजू से यह भी कहा था-ये तुम्हारे पापा हैं। आगे का मुझे कुछ भी याद नहीं। मैं बेहोश हो गयी थी।

सुबह जब होश आया तो देखा-आज फिर से नया बिहान हुआ था, सूरज की फीकी किरणें पहले जैसी चमकदार घर के मुंडेर पर उतरी हुई थीं। गुटर-गूँ करता हुआ कबूतर का जोड़ा आँगन तक आ गया था।

'कैसी तबियत है?' सिरहाने बैठे हुए अक्षत ने पूछा था।

मैं कोशिश के बावजूद भी बोल नहीं सकी, सिर्फ ओंठ काँपकर रह गए। अक्षत ने बताया-'उस दिन तुम्हारी बात से नाराज़ होकर मैं रोड तरफ आ गया था। कुछ दूर चला ही था कि एक कार मेरे नजदीक आकर रुकी, उससे दो लोग नीचे उतरे और फुर्ती के साथ मेरे मुँह में गीले कपड़े का टुकड़ा रख दिया। आगे का मुझे कुछ याद नहीं। जब मुझे होश आया तो समझ आया-

यह एक सुनसान जगह में कोई फैक्ट्री है-जहां मुझे लाया गया था। मेरे जैसे और भी अपहृत थे। हम लोगों से गोला-बारूद भरकर खिलौने बनवाये जाते थे। सख्त पहरा था, हर आदमी नकाब में होता था। पूरी बात मुझे

पुलिस को बतानी होगी।

फिलहाल हम नए सिरे से जिंदगी की शुरुआत की कोशिश करेंगे। जो जैसा, बीत गया–अच्छा हो या बुरा हो, वह अब अतीत है। हम वर्तमान को ठीक करने की कोशिश करेंगे।

# रेलगाड़ी

चार साल की छोटकी खिलौनों से सजी दुकान की तरफ ललचाई आँखों से देख रही थी।

दुकान में उछल कूद मारता बन्दर, नाचता हुआ भालू, झबरी शक्ल और भूरी आंखों वाला भों-भौ-ओं भूँकने वाला कुत्ता, छुक छुक कर दौड़ती हुई रेलगाड़ी, हवा में उड़ने वाला हेलीकाप्टर और सीताराम-चित्रकूटी, सीताराम-दूध-रोटी पढ़ने वाला हरे रंग का बड़ी पूँछ वाला सुआ, बिकने को दुकान में सजाये गए थे। दुकानदार हर खिलौनो में चाभी भरकर लोगों को दिखा-बता रहा था-

'ये देखिये बाबू जी! ये देखिए बहन जी, अम्मा जी, छोटे-बड़े सब देखिए-'भालू कैसे कूद-कूद कर नाच रहा है, और ये सुआ, राम कसम अजूबा है, चाभी भरिये-सीताराम-सीताराम कहने लगेगा।' और इन मेंढ़क महाशय का कहना ही क्या? बिना पानी-पोखर के ही टर्र-टर्र कर रहे है। और अजूबा देखिए साब        जी,-ये असली नदी की देशी मछली का कमाल बिना पानी पिये ही सालों तक जीने का माद्दा इसके पास है।

'ये कुत्ता कितने का है?'

'पचास का।'

'और ये बिल्ली?'

'पच्चीस की बहन जी।'

'रेट ज्यादा बता रहे हो। ठीक-ठीक भाव लगाओ न। मुझे कुत्ता, बिल्ली और छोटा हाथी भी लेना है।

'ले लीजिए बहन जी, रेट पट जाएंगे।'

'नई मुझे लेलगाड़ी लेनी है।' माँ का आँचल खींचती हुई बड़ी-बड़ी

आँखे मटकाती हुई छुटकी बोली।

'भइया रेलगाड़ी कितनी की है?' सुनैना ने दुकानदार से पूछा।

'बहन जी! बिटिया जिद कर रही है, इसलिये आपको खरीदी रेट पर दे दूँगा। आप सिर्फ चार सौ दे दीजिये। सिंगल पीस बची है।'

सुनैना सोच में पड़ गई। आज ही मालकिन से पांच सौ एडवांस लेकर मेला आई हूँ, अभी बेलन, चिमटा और करछुल भी तो देखना है। बड़े के लिए नेकर और बनियान भी। उसकी दोनों नेकर फट गई हैं। ये सब जरूरी चीजें हैं। अपने लिए भी कुछ? चूड़ी, बिंदी, आलता-नहीं-नहीं अपने लिए अभी नहीं।

अगले महीने देखती हूँ। अभी अगर चार सौ खिलौने में खर्च कर दिये तो बजट गड़बड़ा जायेगा। न, न रेलगाड़ी नहीं खरीद सकते। सौ तक के छोटे- मोटे खिलौने मेरे हिसाब से ठीक रहेंगे।

'तुम दूसरे खिलौने ले लो-ये मेंढ़क ले लो, बिल्ली ले लो। अगली पगार में रेलगाड़ी भी खरीद देंगे।'

'नईं अम्मी, मुझे लेलगाड़ी ही चाहिये। नूपुर के पाछ है, झुन्नू भी लेलगाड़ी तलाता है।'

'ये बड़े घर के बच्चे हैं, छोटकी। गरीब घर के बच्चे मंहगे खिलौनों से नहीं खेल सकते।'

तभी एक चमचमाती हुयी मर्सिडीज कार दुकान के सामने आकर रुकी। टाइट जींस के पैंट ऊपर कसी सफेद झीनी कुर्ती पहले एक मैडम तीन साल के बच्चे के साथ नीचे उतरी और दो मिनट में वही रेलगाड़ी खरीद कर वापस आ गई। छोटकी खड़ी-खड़ी सब देख रही थी। वह दौड़कर उस लड़के के पास गई और उसके हाथ से खिलौना छुड़ाने की कोशिश करती हुई बोली....

'ये मेली लेलगाड़ी है।'

'नहीं, मेली है।'

'मेली है।'

दोनों गुत्थम गुत्था हो गए थे। छोटकी के गाल में एक चांटा जड़कर अपने बच्चे से अलग करती हुई कार वाली मैडम बोली-

'जाने कहाँ से आ जाते हैं, भिखमंगे! जब बच्चे पाल नहीं सकते, बच्चों का शौक पूरा नहीं कर सकते, तब पैदा ही क्यों करते हैं?'

छोटकी रोती हुई माँ के पास आ गई थी-अम्मी मेली लेलगाड़ी ले गई, वो-उधल देखो न। वह जाती हुई कार को ऊँगली के इशारे से सुनैना को दिखाकर बोली।

'ये लो बिटिया।'

सुनैना पीछे पलटी तो देखा-सलवार-कमीज पहले एक महिला हाथ में रेलगाड़ी का खिलौना लिए खड़ी थी। उसने बताया कि अपने बेटे सुहैल के लिए ये खिलौना आज ही सुबह खरीद कर रखी थी।

'ये खिलौना मंहगा है बहन! मेरी औकात इसे खरीदने की नहीं है।'

'नहीं बहन, ये हम आपको बेच नहीं रही। औकात पैसे-रुपयों से नहीं बनती-दिल बड़ा करने से बनती है। मैं इस बच्ची का दिल टूटते हुये नहीं देख सकती, इसलिये।'

वह छोटकी के हाथ में रेलगाड़ी का खिलौना पकड़ाकर तेजी से भीड़ की तरफ चली गई।

# हनीमून

'तू इतनी उदास क्यों है?' सियारनी को मुँह फुलाये बैठी देख सियार बोला।

'तुमसे मतलब?'

'तुम तो गाँव-देहात के बाहर ही हू-हू करके मस्त हो, कभी सोचा है इस सड़ियल और अँधेरे में डूबे, गंधाते हुये गाँव के आगे भी कुछ है?'

'जरा समझाकर कहो।' सियार बोला।

'कल मैंने सपने में देखा है कि उस पहाड़ी से पार एक खूबसूरत शहर है, जहां पर आकाश को छूते हुये बड़े-बड़े मकान हैं, रंग बिरंगी रौशनी में नहाया हुआ पूरा शहर जन्नत जैसे लगता है। वहां रहने वाले आदमी खूबसूरत और साफ-सुथरे हैं, तरह-तरह के परिधानों से सजी औरतें अप्सरा जैसी हैं।

छोटे-छोटे बच्चे खरगोश की तरह धमाचौकड़ी भरते दीदे मटकाते, गली में खेलते हुए बहुत सुन्दर लगते हैं।'

'हू-हू-हू-हम सियारों के सपने कभी सच हुये हैं, पगली।' सियार हँसते हुए बोला।

'देखो, बहाने मत बनाओ, हमारे विवाह को एक साल हो गया है, तुमने इस गांव को छोड़कर कहीं ले जाकर घुमाने की नहीं सोची। पहाड़ी तक भी नहीं। आजकल लोग हनीमून के बहाने अपनी पत्नी को कहाँ-कहाँ नहीं घुमाते हैं?

ठीक है, उस पहाड़ी तक तो ले चलो, कोई शहर होगा तो दूर से ही देखकर खुश हो लेंगे।'

सियार को सियारनी की बात लग गयी, सियार का सोया पौरुष जाग

उठा। वह उसे साथ लेकर पहाड़ी की ओर चल पड़ा। पहाड़ी तक जाने का रास्ता बस्ती से होकर गुजरता था, जैसे ही ये दोनों बस्ती में पहुँचे, कुत्तों ने खदेड़ लिया, दोनों किसी तरह जान बचाकर अपने ठिकाने लौट आये। सियारनी मायूस होकर अपनी तकदीर को कोसती हुई, झाड़ी में जाकर लेट गई। सियार से उसकी पीड़ा देखी नहीं गई। वह उसके सर में पंजा फेरता हुआ बोला-

'प्रिय! फ़िक्र मत करो। फ़िक्र से सेहत पर बुरा असर पड़ता है। मैं अभी लोमड़ी भाभी के पास जाता हूँ, वह बुद्धिमान है। बुद्धिमानी के लिए उसे इस साल का सबसे बड़ा इनाम 'अक्ल श्री' दिया गया है। उसके पास कोई न कोई हल जरूर होगा?'

सियार ने एक लंबी दौड़ लगाई, कुछ ही देर में वह चिक्की लोमड़ी के घर बैठा चाय सुड़क रहा था। सियार ने लोमड़ी को अपनी समस्या बताई। उसने सियार की बात बड़ी शिद्दत से सुनी। फिर भीतर से एक पुराने अखबार का टुकड़ा ले आयी और सियार को दिखाती हुई बोली-

'भाई, ये देखो, कलेक्टर साहब ने बस्ती होकर पहाड़ी जाने वाले मार्ग को आम रास्ता घोषित किया है, किसी प्रकार की रोक-टोक गैर कानूनी है, तुम निश्चिन्त होकर पहाड़ी पर जाओ। कुत्ते भूंकेंगे, तो उन्हें अखबार की ये कटिंग दिखा देना।' सियार ने लोमड़ी का धन्यवाद किया और अखबार का टुकड़ा मुँह में दबाये, खुशी से भागता हुआ घर आया और सियारनी के सामने दुम उठाकर बोला- 'उठो प्रिय चलने की तैयारी करो, पहाड़ी देखने से अब हमें कोई 'माई का लाल' नहीं रोक सकता है।

ये देखो, लोमड़ी भाभी से कलेक्टर साहब का छपा-छपाया हुक्म ले आया हूँ। इसमें साफ-साफ लिखा है, बस्ती होकर पहाड़ी जाने वाला मार्ग सार्वजनिक निस्तार के लिए घोषित किया जाता है। किसी के आने-जाने में अब कोई रोक-टोक नहीं है।'

सियार और सियारनी फिर से पहाड़ी की तरफ चल पड़े, बस्ती में

पहुँचते ही कुत्तों का समूह भूंकते हुये दौड़ा। कुत्तों को पास आता देख सियार भागने लगा, तब सियारनी चिल्लाकर बोली–'भाग क्यों रहे हो? कटिंग दिखाओ कटिंग।'

भागता हुआ सियार जोर से बोला–'प्रिये! तुम भी भागकर, अपनी जान बचाओ। इस बस्ती में कोई भी कुत्ता पढ़ा-लिखा नहीं है।

★ ★ ★

# वह औरत

वह अमूमन पच्चीस से तीस साल के वय की सुंदर नाक-नक्श और गठीले बदन और सांवले रंग की युवती थी, पहनावे से किसी कामकाजी और साधारण परिवार से ताल्लुक रखने वाली लग रही थी। सिंदूरी मांग और गले में पड़ा मंगल सूत्र, नंगे पांव पर पड़े बिछुये उसके सुहागन होने के पुख्ता साक्ष्य प्रस्तुत कर रहे थे। जिस्म में जगह-जगह आयी गुलाबी खरोंचे और खिंचे-खिंचे झीने अंग वस्त्र और ओंठ से रिसता हुआ लहू किसी अनहोनी घटने के संकेत दे रहे थे।

कुछ जनानी पारखी नज़रों ने तो उसे पेट से होने की बात भी दबे जुबान कह डाली। फटे कुर्ते से झांकते देहांश उसकी शारीरिक सौष्ठव को बखूबी बयाँ कर रहे थे। वह मुँह से कुछ बोल नहीं पा रही थी। सिर्फ इशारों से ही अपनी बात समझाने की नाकाम कोशिश में लगी थी, अश्रुपूरित नेत्र भी सम्पूर्ण संकेत प्रेषण में बाधक हो रहे थे। वह बार-बार लम्बे कुर्ते के झीने फटे कोने से गीली होती पलकों को सुखा लेती थी।

आस पास लोगों का हुजूम लग गया था। वह जहां लाकर छोड़ी गई थी, वह सुनसान इलाका था, आसपास घनी झाड़ियां और खेत थे। गाँव-बस्ती कुछ दूर में थे। जहाँ से लोग किसी के पड़े होने की खबर पाकर देखने चले आये थे। जिसने आदमी ने इस लड़की के बारे में सूचना गाँव वालों को दी थी, उसके अनुसार-

'एक चमचमाती कार सड़क में रुकी थी। नहीं, थोड़ी धीमी हुई थी, उस कार से इसे सामान की तरह फेंककर, वे लोग तेजी से जंगल की तरफ जाने वाली सड़क की दिशा में कार भगाते हुये चले गए थे।'

'कौन थे वे?'

इस सवाल का जवाब किसे के पास नहीं था। सब एक दूसरे को

सवालिया निशान से देख रहे थे। तरह-तरह की बातें लोगों के बीच में चल रही थीं। कोई कह रहा था-

'इसे अस्पताल ले चलना चाहिए।'

न न! हम सब बेकार के पचड़े में फँस जायेंगे। पुलिस को इत्तला करना ठीक रहेगा। दवा-इलाज़ कराना पुलिस का काम है।' किसी अन्य ने सुझाव दिया।

'मेरी मानो तो सब लोग यहाँ से फूट लो। नाहक में लफड़ा मोल ले रहे हो। कोई अइसी-ओइसी ऊँच-नीच वाली बात होगी तो हम लोग बेकार में उलझ जाएंगे।' भीड़ में से किसी तीसरे ने कहा।

'हाँ, हाँ! महतो ठीक कह रहा है। सब अपना-अपना काम देखो।' एक साथ कई लोगों ने महतो की बात का समर्थन किया।

तभी, पहनावे से गरीब-सी दिखने वाली, अधेड़ उम्र की एक औरत भीड़ को हटाती हुई आगे बढ़ी और उस युवती के सर में हाथ फेरते हुई बोली- 'न..न..अइसा न करो, ई को मोरे घरबा लइ चलो।'

# अँधेरे का सफर

'हम बाबू जी और अम्मा को घर में अकेले छोड़कर कैसे जा सकते हैं? मालती, मुझसे यह नहीं होगा।' गालों तक ढरक आये आँसुओं को रुमाल से पोंछता हुआ निरंजन अपनी पत्नी मालती से बोला।

'इन्हें अकेले घर में छोड़ने या न छोड़ने की बात नहीं है। जान बचाने के लिए ऐसा करना जरूरी हो गया है। सेना पूरा इलाका खाली कराना चाहती है। आप देख ही रहें है, सीमा पार से गोले आकर इधर गिर रहे हैं। पूरा इलाका ब्लैक आउट किया गया है। घर के भीतर एक नाइट बल्ब तक जलाने की मनाही है। कहीं ऐसा न हो कोई गोला बस्ती में आकर फटे... न-न हम कोई रिस्क नहीं ले सकते। जान सलामत रही तो स्थिति सुधरते ही पुनः लौटकर इसी घर में आ जायेंगे।' सूटकेस में कपड़े भरती हुयी मालती बोली।

'लेकिन अम्मा-बाबूजी.....।'

निरंजन, बात पूरी कर पाता कि द्वार में दस्तक की आवाज सुनकर वह चुप हो गया।

'कौन हो सकता है?' धीरे से मालती ने पूछा।

'देखते हैं।'

'नहीं, गेट मत खोलना।' निरंजन को रोकती हुयी मालती बोली।

तभी...द्वार पर पुनः दस्तक की आवाज के साथ बाहर से कोई बोला-'गेट खोलो ब्रदर! अर्जेन्ट मेसेज देने का।'

आगे बढ़कर निरंजन ने गेट खोल दिया, गहरी होती शाम के धुँधलके में सेना का सिपाही खड़ा था। द्वार खुलते ही वह बोल पड़ा...'ब्रदर रेडी रहना, ठीक नौ बजे ग्राउंड में सबको इकट्ठा होना है। हम तुरंत यह बस्ती छोड़ देंगे।'

'पैदल कितना चलना होगा?' निरंजन ने पूछा।

'ज्यादा नहीं, चार किलोमीटर का रूट होगा, पहाड़ी उतरते ही गड्डी खड़ी मिलेगी।' सिपाही ने बताया।

'पहाड़ी?' आश्चर्य के साथ निरंजन बोला।

'एस ब्रदर, पहाड़ी पार ही गड्डी मिलेगी। हम इधर को गड्डी नहीं बुला सकता है, समझो बात को।'

'लेकिन अम्मा-बाबू जी?'

'हम तुम्हारा दर्द समझता है ब्रदर, वट, कोई अदर आश्षान नहीं। ये बूढ़ा लोग मार्च नहीं कर पायेगा, इन्हें खाँसी भी उठता है, यह सेफ्टी के लिहाज से ठीक नहीं है। इन्हें घर में ही इंतजाम के साथ छोड़ो। हम बहुत जल्द फिर से लौटेगा, ओके!'

सेना का सिपाही समझाइस देकर चला गया था।

'क्या किया जाये मालती? ये सयाने लोग पहाड़ी नहीं चढ़ पायेंगे और इनको यहाँ छोड़ने का मतलब...।' दरवाजा बंद करते हुए निरंजन बोला।

'चिंता मत करो, इन्हें कुछ नहीं होगा। मैंने पन्द्रह दिनों के लिए ड्राई फ्रूट और भुना चना रख दिया है। दो दिनों के लिए पूड़ी-सब्जी बना दी है। बाबूजी को यह भी समझा दिया है कि वे न तो बाहर निकलेंगे, न घर के भीतर रोशनी करेंगे। फिर हम कौन ज्यादा दिन के लिए जा रहे हैं। आप ने सुना नहीं फौजी क्या कह रहा था?

'हम बहुत जल्द फिर से लौटेंगे।'

'फिर बस्ती में सबके घर में बुजुर्ग हैं, सभी तो छोड़कर जा रहे हैं।'

'शायद, अब यही रास्ता बचा है।' मायूस होकर निरंजन बोला।

रात के लगभग नौ बजे वही सिपाही सबको ले जाने के लिए आया हुआ था। सभी को ग्राउंड में जमा होने को बोलकर वह आगे बढ़ गया।

बाबू जी को भीतर से सांकल लगाने को कहकर मालती और निरंजन हाथों में सूटकेस उठाकर मैदान की तरफ चल पड़े।

मैदान में सभी आ-आकर इकट्ठे होते गये। ठीक नौ बजे सेना का सार्जेंट बोला....'ओके, टाइम हो गया, अब हम साउथ की तरफ मार्च करेंगे, आप सभी लोग हमें फौलो करेगा, ओक्के।'

तभी बस्ती की तरफ से कई कदमों की आहट सुनायी दी।

'सर, दो मिनट वेट करो, कोई और आ रहा है।' सिपाही बोला।

नजदीक आने पर आकृतियाँ स्पष्ट होती गयीं। निरंजन के बाबू जी एक हाथ से झोला तथा दूसरे हाथ से अम्मा का हाथ पकड़े हुए चले आ रहे थे, उनके पीछे-पीछे बस्ती के सारे बुजुर्ग। नजदीक आने पर वे सार्जेंट को सुनाकर बोले....'हम बिना खाँसी के ही पहाड़ी चढ़ जायेंगे।'

★ ★ ★